残雪 / 著

赤脚医生

湖南文艺出版社
HUNAN LITERATURE AND ART PUBLISHING HOUSE

图书在版编目（CIP）数据

赤脚医生 / 残雪著. -- 长沙 ：湖南文艺出版社，2019.2（2024.10重印）

ISBN 978-7-5404-8925-0

Ⅰ. ①赤… Ⅱ. ①残… Ⅲ. ①长篇小说－中国－当代 Ⅳ. ①I247.5

中国版本图书馆 CIP 数据核字(2018)第 276427 号

PUBLISHING & MEDIA
中南出版传媒

赤脚医生
CHIJIAO YISHENG

残雪 著

出 版 人：陈新文
责任编辑：陈小真
特邀编辑：薛 梅
责任技编：黄 晓
装帧设计：弘毅麦田
湖南文艺出版社出版、发行
（湖南省长沙市东二环一段508号 邮编：410014）
网址：www.hnwy.net
湖南省新华书店经销
湖南省众鑫印务有限公司印刷

版次：2019年2月第1版
印次：2024年10月第6次印刷
开本：880 mm×1230 mm 1/32
印张：10
字数：220 千字
书号：ISBN 978-7-5404-8925-0
定价：45.00元

本社邮购电话：0731-85983015
若有印装质量问题，请直接与本社出版科联系调换

目录

云村的赤脚医生

年轻时的亿嫂胆子很大，多才多艺，在云村这个大村庄里很受人尊敬。她是村里的“赤脚医生”，这个职称是乡政府给她的。那时村里缺医少药，交通闭塞，村里人生了病往往只能等死。年轻的亿嫂去县里培训了半年之后便回到村里，正式给人看病，给妇女接生了。虽然赤脚医生每月的工资只有二十块钱，同在家务农的收入也差不多，但亿嫂对于这份工作是如此的痴迷，常常到了废寝忘食的地步。她是初中毕业生，一名初中毕业生在乡下就同大学生差不多了。所以亿嫂从县里培训回来之后每天都坚持自学中医和西医方面的知识——《汤头歌诀》啦，妇女生殖器官的解剖啦，各种胎位的处理方法啦，各种中草药的性能啦，针灸和火罐的运用啦，等等。在村民们的眼中，亿嫂天生是当医生的料。他们的这种看法没什么道理可讲，若外人追问，便回答说：“她让病人心里踏实，看看她那双手就知道了。”其实呢，那是双很普通的农妇的手，骨节有点突出，很有力。大概村民们的信心就建立在那双手的力量上？也不尽然，双手有力的农妇在乡间到处都是。云村的村民说话暧昧，很难猜出他们的意思。但是亿嫂在村里确实治好过不少人的病，也曾顺利地为一些妇女接过生。如果遇上难产，她就敦促产妇去县里的医院。咬牙送产妇去了县医院的那一家往往弄得倾家荡产，所以一般来说村民们是不会去县医院的。在这样的情况下产妇和家人都陷入绝望，亿嫂只能在盼望奇迹发生的同时绞尽脑汁地去减轻产妇的痛苦。这种情形发生过好几次，每一次失败都是对亿嫂的意志的一次考验，就像自己死过去又活过来一样。只有一次是例外，这发生在一名小名叫“矮婆”的小个子妇女身上。整整一夜，亿嫂满头大汗地运用“热敷”方法加针灸疗法，催生了一名男孩。接生完成后，亿嫂双脚发软，快要昏过去了。她整整睡了三天三夜。她成功了。

亿嫂和亿叔的土屋同那些村舍隔开了一点距离，背靠大山，屋前开辟了大片的药草园，园里的药草种类很多，长势也相当不错，它们是亿嫂努力钻研医学的标志。亿嫂不但栽种中草药，她还制药，她家后面那间大房里就摆满了中草药和她亲手熬出来的汤剂。除了为病人着想外，她做这些事主要是出于兴趣。她从一开始就想知道中草药进入人体后，双方会发生什么样的反应。她经常不知不觉地思考这种问题，有时在半夜都会为某种不好的预感所惊醒，于是起来，披着衣查资料。在药草园里忙碌时，她往往觉得那些药草就像她的兄弟姐妹一样。她将它们培育出来，送进人体，祝福它们成为人的最好的朋友。最近的资料显示，板蓝根在消除炎症的同时对于人的肾脏有很大的损伤，亿嫂为此感到悲伤，因为她青睐板蓝根的治疗的效果。由于整天想着这个问题，亿嫂在梦里就变成了一株板蓝根，她在药草园里迎风招展，坚信自己是人体的良友，不但清除病毒，还增强人体的抵抗力。除了板蓝根，矮地茶这种草药也很称她的心。矮地茶消炎快捷，并且它长在土里时，那朴素的身姿也很美。它那鲜红的小珠子般的果实令她感动不已，以至有时候，她会不忍采摘它。园里的药草有些是她从山上采来的。采来的药草很难培育。比如那一大片野麦冬，第一年只存活了四分之一，到第二年才开始扎稳了根发兜。但野麦冬比家麦冬的效果好许多，也许它们天生就是人的朋友。亿嫂在喜悦中遐想联翩。

“喂，屋里的，有人来看病了！”亿叔在屋门口喊她。

来人是会计的儿子、十八岁的面色蜡黄的小青年，他表情冷漠，两只耳朵薄得如透明的角质物。

“哪里不好？”亿嫂严肃地问他。

“没有什么不好，只是觉得活得没意思。”他低声说。

“那就不要来这里。我只治得了一些病，治不了命。”

男孩哀怨地看着亿嫂，亿嫂心软了。

“去，去园子里给药草施点肥料。灰句，你等一等，你爹同意你来这里吗？”

“我爹管不了我。我想他是同意的。”灰句且走且说。

亿嫂的脸上浮出微笑。她看到了二十年后的灰句的样子。如果她自己的儿子山宝还在的话，会是这种样子吗？山宝真可怜，只活了两岁多，病魔一点一点地从亿嫂怀中将他夺走了，那个过程很长。山宝病死后，亿嫂就再也怀不上小孩了。

亿嫂一边做饭一边倾听灰句在园子里的动静，不时走到窗口向外张望一下。灰句在药草丛中干得很卖力，太阳照着他的脸，那张出汗的脸上显出了红晕，五官好像也舒展开来了。亿嫂心里想，却原来他是经过了深思熟虑才来找她的啊。在今后的岁月里，他会填补山宝离去后的空白。亿嫂有点想哭，但更多的是振奋。事情突然就发生了，一位助手，一位接班人来了……他是怎样被吸引来的？对于她亿嫂来说，今天应该是一个节日啊。

饭快做好时，灰句在园子里忙完了，他消失了。他的活干得很漂亮。本来，亿嫂是想请他来吃饭的。

吃饭时亿叔告诉亿嫂说，灰句曾向他表示厌世的念头。

"'为什么你不去亿嫂的药草园里看看呢？'我就这样对他说。"

"那么，他来看了吗？"

"看了，都是趁你不在的时候。"

"你觉得他怎么样？"

"他是一位有希望的青年。我现在差不多确信这一点了。"

亿嫂在月光下来到药草园，她看书看累了总在这里休息。在夜间，村子里会隐隐约约地传出一些哭声，那些哭声并不是来自村民，而是好像从地下传出来的。亿嫂想，这么大一个村子，这么多人，只有灰句一个人对她的工作有特殊的兴趣，这该是多么难得的事。

园子边上的地锦草和白辣蓼散发出微微的清香，这两种药草紧紧地抓住大地，亿嫂为它们纯良而谨慎的天性感到有点心疼。她踩着了它们，但它们默不作声，它们就以默不作声来表达对她的爱。远处的柳树下，两只蟋蟀叫得很热烈。亿嫂的听力很强，点着头一下一下地应和着它们。她又看见了多年前自己的那个形象。那时她身背竹篓，扛着二齿锄在山上寻寻觅觅。对她来说，最美的美景就是那些药草，它们为病人生长在那些幽暗处，这种看不见的联系自古以来就有，只不过呼唤是无声的罢了。是时间久了，亿嫂才听到了那种无声的呼唤的。那株美丽的威灵仙，不就是因为春鹂胃病发作而出现的吗？亿嫂看见它迎风向她点头，就知道女孩的胃病有救了。这座大山里头发生过多少这种激动人心的邂逅啊。近些年亿嫂上山采药的次数减少了，因为药草园发挥了作用，也因为她的体力已经不如过去。但只要回忆起那种欢乐，心头就会热，眼睛就会发亮。山上的邂逅和园子里的采摘是完全不同的，没有经过深山寻宝的活动，就不能完整地体会到当一名赤脚医生的秘密欢乐。当然，药草园也很美，这里有的是心怀默契的互助，是共生于大地的幸福活动。灰句大概是感到了这种氛围才来找她的。

第二章

病人麻二叔

麻二叔去世前，常和亿嫂讨论他的病。亿嫂很喜欢这种讨论。他俩坐在开着黄菊花和白菊花的小院里，说一说又停一停。在阳光里，肥硕的黄母鸡们发出梦呓。

“我今天在石洞的泥土缝里找到了治你的病需要的那种药草。”亿嫂说。

“是岩柏？”麻二叔问。

“是啊。”

“我也觉得那种草有效。我听你这样一说啊，就想起那种药草的模样来了。它们长得那么周正，像小伙子一样，嘿嘿。亿嫂，当你采摘它们的时候，它们是不是很激动？”

麻二叔说着就站起来，在院子里走动着。

“我觉得它们的确是很激动，可能它们感到自己要开始旅行了。这些草像小鱼儿一样在我的手心里搏动，我现在还有那种感觉。”

亿嫂说这些话的时候，一边脸颊在发热。

“像小鱼儿一样，这正是我的病所需要的。”麻二叔拍了拍自己腹水的大肚子，“这种植物吸取了岩石的精华。我的运气真好。谢谢亿嫂。”

“当然，你的运气不会差，即使有病也不会差。你瞧，一下就得到了一种友谊。好多人一辈子都没有机会同这么美的药草做朋友。”

麻二叔一边点头一边指着黄菊花上的那只彩蝶对亿嫂说：

“我们生活在山脚下，可说是什么都不缺了，对不对？”

“对。你感觉怎么样？”

“好极了！岩柏有起死回生的作用。”

亿嫂笑起来，她感到他一点也不像离死亡越来越近的病人。她在心底感叹：“云村，云村，你的村民多么富于智慧啊！”

麻二叔安静下来了。他想起了一件事。

“亿嫂，你今天走近那石洞时，听到什么响动了吗？”

“哈，有这事。我听到了沙石坠落发出的声音，哗啦哗啦。”

“这就好，这就好，它们迫不及待了。麻二嫂正在帮我煎药。我也有点迫不及待了。活着真好啊，不过我即使死了，也是死而无憾。”

亿嫂欣赏地看着她的病人，心里想，这不就是那种奇遇吗？岩柏是如何下山走进麻二叔的身体里头去的？她又想到灰句，想到小伙子下决心之前所经历的煎熬。

“亿嫂，我到了阴间也要每天祈求上天保佑你。”麻二叔送她出门时说。

亿嫂每隔两天去看望麻二叔一次。她发现麻二叔的肚子胀得越来越大，但他的精神却越来越好了。每一次他都有喜事报告亿嫂，比如那只喜鹊下了蛋呀；比如院子的围墙下长出了一株“七叶一枝花”啦；比如早夭的孙子小喆给他报了梦呀；等等。这当然是回光返照，可回光返照也是幸福啊。亿嫂同麻二叔，还有麻二嫂共享着这份幸福，心里一点也不感到阴郁。麻二嫂甚至在围墙上架了一面大镜子，这样麻二叔就可以看到马路那边的树林中的动静，而不用走那条坎坷不平的小路了。麻二叔对于那片树林里的活物了如指掌，他从前是一名猎人。

“亿嫂啊，麻二最敬佩的人就是你。”麻二嫂说。

“干吗敬佩我，我又治不好他的病！”亿嫂笑嘻嘻地应答。

“治得好治不好不是关键。”

“那是因为什么？”

“因为你让我们心里踏实啊。云村只有你让我们心里踏实。”

“谢谢你的夸奖，我很欢喜。”

“可我没有夸奖你，我讲的是事实。”

“谢谢你告诉我这件好事情。我今夜一定会睡得特别安稳。”

亿嫂走出围墙，一边走一边想，她走进院子里那两位的视野里了，她的心同他们连在一起。

麻二叔是夜里去世的，没人知道准确的时间，当时麻二嫂碰巧睡着了，他们的女儿也在隔壁房里带着小孩睡觉。

“爹爹欢欢喜喜地走了。”女儿云姑对亿嫂说，“临睡前他还喝了您给他带来的草药汤剂。他说自己有福气，因为并不那么疼。”

亿嫂听了云姑的话眼圈就红了，可是接着心里又涌起热浪。他并不那么疼，大约是草药帮他渡过了难关……

虽然肚子胀得很大，身子却已缩成了小小的一条——那些病毒终于与他达成妥协了。他是一位多么宽厚的长者啊，那安详的面容透露出他内心的秘密：他已经同每个人都告过别了。麻二嫂没有哭，她已经替他擦洗了身体，给他穿上了他最喜欢的绒布睡衣，上面有樱桃图案的那一件。

“我倒不觉得他已经去了，”麻二嫂说，“这屋里和院子里到处都是他在说话。他嘱咐过我，即使他去了，我还得每个月为他熬一次中草药，浇在他的坟上，他最喜欢闻那种药香。亿医生，你会满足他的愿望吗？”

麻二嫂眼巴巴地看着她，亿嫂连忙点头。

“当然，当然会！我每个月都要为麻二叔开一服药方！”

麻二叔被埋在山上的岩洞边上，那是他指定的地方。亿嫂就是在那岩洞的入口处发现岩柏这种药草的。亿嫂想起了这事，就在心里对自己说：“麻二叔的记忆力真不错。”

有时候亿嫂太忙，就让灰句去麻二嫂家送药方。灰句总是高高兴兴地接受这个特殊的任务，像过节一般脸上焕发出光彩，这又令亿嫂感到诧异。她终于忍不住问他：

“你怎么这么喜气洋洋的啊？”

“那是托亿医生的福啊。这件工作——这是世界上最高尚的任务。我每次将您开的药方交给麻二嫂时，就听到山上响起山歌的声音，我脚下的地也微微颤动着。这时我好像看见了我刚出生时的样子。他们说我生在柴棚里……亿医生，为什么会生在柴棚里？”

“因为你等不及了嘛，因为你急煎煎地要同大家玩嘛。最近麻二嫂情绪怎么样？”

“她情绪很稳定。她说：‘活着时帮他煎药，去世了也帮他煎药，只是次数少了。他可是个体贴的老头。’我看见她带着外孙女去上坟。”

“唉，云村啊云村。”亿嫂说着眼睛就发了直。

“我一定要将那山歌的歌词听清楚！”灰句在门外喊道。

亿嫂在房里一边用碾子碾药粉一边将整个事情细细地想了一遍。她将一句话说出了声：“麻二叔是云村的代表。”

“你在说什么？”亿叔在前面房里问道。

“我们云村是不是有两千多人？”

“两千四百三十八人。你问这个干吗？”

“麻二叔守护着这个村庄。”

“你也是嘛。我嘛，就只守护你一个人。”亿叔哈哈大笑。

“人要是关心起药草来，人的世界就大变样了。”亿叔又说，“麻二不也种了不少药草吗？他学会了同病毒做朋友，久病成良医啊。你瞧麻二嫂多么滋润，这都是麻二营造的氛围。这家伙一肚子诡计，我真佩服他。”

夫妻俩走进药草园，坐在那张木椅上，心中久久不能平静。亿嫂又听见有人在哭，但哭声并不伤感，只是种平和的宣泄。但为什么要哭？因为世事无常还是因为亲爱的人总要离去？

死去的凉山叔

凉山嫂的丈夫去世好几年了，她带着儿子松宝住在村尾的土屋里。她一年四季卖烤红薯给云村的人们吃。她烤红薯的手艺是同死去的丈夫学的。亿嫂一到，凉山嫂就请她吃刚烤出来的红薯。

“为什么云村的男人总短命呢？”她问亿嫂。

“他们操心太重，不像我们女人能够随遇而安。松宝像你吗？”

“可能是像我，”凉山嫂回答，“才十七岁，可是已经看得出性格了，是个乐天派，再大的打击也击不倒他。”

“寿命的长短并不要紧，你说是吗？”亿嫂说着就微笑了。

“正是这样！凉山活着时，别提多快活了。他说他先前一直流浪，到处卖烤红薯。那些年人们连饭都吃不饱，哪有闲钱吃烤红薯？所以他的生意并不好做。他和我结婚后，日子才一天天好起来了。他整天在家里讲笑话，松宝围着他转。他从不诉说他的烦恼，也许这就伤了身体了。”

“我不这样看，我认为他的风湿性心脏病是早年流浪时落下的。”

“也可能。不管怎样，他跟我在一起的这十来年是快活的。毕竟，人生能有十来年好日子也可以满足了。他走得也爽快，没有痛苦，也不拖累别人。”

“他是一位堂堂男子汉。”

“谢谢你，亿医生。我上回服了你开的药方好多了。”

“那是野生青木香，所以效果比较好。”

亿嫂站起来要走，凉山嫂紧紧地握着她的手，舍不得放她走。

“亿医生啊，”她看着亿嫂的眼睛说，“要不是你，我也许会同凉山一块去了，那样的话松宝多可怜啊。可现在我的胃病差不多全好了，做活也有劲头。你是我和松宝的恩人。”

“这不过是我的工作罢了。不过草药真神奇，我们是靠山吃山，得天独厚。”

凉山嫂屋前的菜园里满满一园子全是红薯藤，没有蔬菜。亿嫂看了就想，她是因为想念丈夫才栽这么多红薯的啊。村里人说她同鸡贩子好上了，可她还是不忘旧情啊。亿嫂从红薯藤当中的小路穿过去，心里涌出一股暖流，因为那哭声又在暮色中响起来了，不但不哀，还有点畅快。

“凉山嫂，你是一位女中豪杰啊。”她在心里念叨。

菜园外有个人笑嘻嘻地迎上来了，她要帮亿嫂背医药箱。

“请问您贵姓？瞧我这记性，我忘了您的名字了。”

“我是外村的，我叫米益，和春鹂是表姊妹。我是慕名而来，在这里等亿医生好久了。您对病人真有耐心啊。”

“您哪里不舒服？”

“没有哪里不舒服。我的病在思想里头，我老害怕。”米益说。

“怕什么呢？”

“我怕我丈夫变心，爱上别家女人。亿医生，您不了解我们的村子，唉，要是我们村同你们云村一样就好了——凉山叔死了好几年，凉山嫂还守着他的红薯，这就是云村的风气。还有你们山里的那些药草的事，我最近才听春鹂说的。亿医生，您真神奇，这个世界里的每样东西都同您的心相通。我也想像您那样看待生活。”

“哈，米益，你对生活真严肃！我在夸你呢。不过我觉得像你这样有才干的女子，还可以活得更轻松一些。你要放松你的心和你的身体，因为你的能耐很大，不必那么紧张。”亿嫂说到这里哈哈一笑。

“我，有才干？亿医生您在说笑话吧。”米益迷惑地眨眼。

“你当然有才干，我听你说话就知道了。你用心生活，也有能耐理解别人，欣赏别人，你做人的格调很高。”

“亿医生，我也想来向您学点医术，可惜我来晚了，您已经收了灰句做徒弟。您觉得我通过自学可以学到一些医术吗？”

“当然可以啊，你应该自学。你是初中生吗？”

“嗯。”

“那就不会有问题了。遇到学习上的困难我们可以一块来对付。”

“亿医生，再见！”她突然跑开了。

亿嫂有点吃惊，她刚才好像看见青年女人在哭。她怎么会这么激动?

亿嫂回过头，看见凉山嫂一动不动地站在红薯地里。再看前方，外村的那位鸡贩子正和松宝一块往这边走。亿嫂连忙快步躲开了。

天黑下来了，在大路上走着，亿嫂也开始想念凉山了。这位曾经的患病的小贩此刻令她如此伤感，连她自己也不知缘由。他的病几乎无药可治，她每次都给他带去一点救急用的西药。她同他是好朋友，她也并不完全是去给他治病的，主要倒是去同他，也同凉山嫂聊聊天。她太喜欢他的性格了，她同凉山嫂都崇拜他。每次从他们家回来，亿嫂心中又生出了更大的生活的勇气。凉山，麻二，云村的男人也和女人一样了不起。现在这两位男人先走了，他们的女人还留在这里。

"你怎么来了？"亿嫂小声说。

"天黑了，我怕路上有野物。"亿叔也小声说。

亿嫂将肩上的药箱交给亿叔时听见了一连串的轻轻笑声，那声音好像是来自常发出哭声的那同一个人。

"春秀——"

"叫我'屋里的'吧，我喜欢听。"亿嫂打断他说。

"好，屋里的。我刚才在路上看见了那位年轻女人，叫米益的，她向灰句打听过你呢。"

"看来我们的队伍又要更加壮大了。她是一位不同凡响的年轻人。"

他们回到家吃晚饭。那盏电灯幽幽的，云村的小水电站总是供电不足。亿叔擦亮那盏大号煤油灯，因为亿嫂饭后要查资料。

“还是这大家伙靠得住。”他说。

“我每天白白烧掉好多煤油。”亿嫂歉疚地回应道。

“怎么会白烧呢，你的事业越来越兴旺，你是云村的领袖了。”

“瞎说呢，一名赤脚医生罢了。”

“我也是这两三年里头看出来的。他们来找我，我真高兴。我们的孩子死了，现在他们都成了我们的孩子。不知道从哪一天开始的，我的耳朵也变得很灵了，那些去世的人说话我也听得见。”

两人都笑起来。

亿嫂在屋里查资料时，亿叔就走到外面，站在药草园边上看天。

有个人影斜斜地移动着过来了，是凉山嫂。

“嘘，别叫她。我来给她送一件毛背心，喏，拿着吧。她还好吧？”

“好着呢。有你们这些人惦记，她会越来越好。”

“不知为什么我就是愿意想着她，她是我的主心骨。我走了啊。”

亿叔看着凉山嫂的侧影在沿小路飘荡，心里一下子回忆起近来发生的一些事。他感到云村有一些变化在暗中发生，尤其是在青年一代人身上。“世事正在变得如心所愿。”他自言自语道。他也喜欢看医书，务农之余就琢磨那些中草药，差不多也顶得上半个草药郎中了。可是他知道他对于中草药的理解同亿嫂是不一样的，这类研究需要“着魔”才能深入进去，他没有那种功力。他刚才将这个看法告诉亿嫂了，心里真舒坦。

第四章

不愉快的事

从下雨那天起，灰句就不来亿嫂的药草园帮忙了。莫非病了？不，没有病，他现在身体变好了，一餐能吃三大碗呢。莫非找到爱人了？有可能，有人看到他同一个外村的女孩在一块。亿嫂和亿叔就这样一问一答。

“我真高兴，灰句这样的青年，会在云村产生很好的影响。”亿嫂说。

“但愿如此。”亿叔的语气不知为什么有点飘忽。

于是亿嫂又开始只身一人进山了。亿叔的农活忙不过来，所以也帮不了她，只能暗暗地求老天保护她。有时亿嫂必须进山，因为危重的病人需要某种草药。药草园里那些还不够，种类太少，药效也不如野生的好。只有这座牛栏山，里面几乎什么药草都有。当然，也需要人锲而不舍地去寻找。往往当她快要绝望时，她会鼓励自己：“再坚持一刻，坚持一刻就会有收获了。”结果每次都如愿以偿。孤身一人在山上辗转时会有寂寞感，这些日子她已经习惯有灰句的陪伴了。不过以前她不总是一个人吗？寂寞也是可以习惯的啊。这样一想，亿嫂便坦然了。

现在她要找的药草是骨碎补。在大树的阴影里，她的双眼变得像鹰一样锐利，口中念念有词。没有多久，她就在树干上发现了它。

她下山的时候，毛毛细雨变得密密麻麻了。小路又湿又滑，她的脚脖子被扭伤了，一时动弹不得。现在她只好将刚采下的骨碎补拿一点出来，捣烂，敷在伤处。她舍不得多用，因为是要留给一位老奶奶治她的病腿的。

过了好一阵，亿嫂的衣裳都湿透了，行走还是困难。

“屋里的，是你吗？”这时响起了亿叔的声音。

亿嫂的心田里立刻敞亮了。

“快来帮我，小小地摔了一跤。”

亿叔搀扶着她慢慢地下山了。奇怪，亿叔一来搀扶她，她立刻就可以自己走了。真是天无绝人之路啊，因为明天她还要到茅奶奶家去送药呢。“这点雨算不了什么。”她自言自语道。

“让米益来帮你，怎么样？”亿叔问道。

“再想想吧。有些事恐怕别人帮不了的。”

回到家里，换了衣裳，又擦干了头发，然后清点那些药草。她听到有野物在屋后弄出响声，问亿叔，亿叔说是黄鼠狼，想来偷鸡。

“在山上时，我有一阵很着急，因为担心往日的灵感消失了。其实我总是凭灵感找药的，我没同你说过吧？”

“我早就知道了。这么说，灰句离开了反而是桩好事？”

“不知道，我判断不了。我仅仅知道我的灵感还在。在山里想云村的事，能够有特别清晰的思路。我就那么随便一抬头，看见了这些药草，它们像美女一样，它们朝我探出身体。”亿嫂说着就激动起来。

“真想同我的老婆分享啊。可这是不可能的。”

这一顿晚餐，他俩吃的是糯高粱粑粑。刚刚蒸出来的高粱粑粑香喷喷的，加上白糖，吃起来美到心里头去了。亿嫂边吃边想：“黄鼠狼偷不到鸡，应该是很失望吧？真可怜，在这样的雨夜饿着肚子。”

“你想什么呢？”亿叔问。

“琢磨那只黄鼠狼。要是它能有灵感就好了。”

“是啊。”

“茅奶奶会有一阵舒服日子过了。”

“有你在村里，她就有希望。”

夫妻俩想着茅奶奶的希望，心情变得很明朗。去年这个时候，茅奶奶因为剧痛的折磨自杀过一次。

雨一直下得很大。黄鼠狼大概早就离开了，亿嫂的那些鸡安安静静地待在笼子里。接班人的设想已经破灭了，亿嫂想，大概因为乡村的赤脚医生是一种令人不安的职业，而寻求安宁是人的天性吧。

在黑夜里，当亿叔睡着了时，亿嫂就开始在山里漫游。她到的那些地方，她不能确切地知道是什么地方。不知从哪里来的微光总能照亮那些植物和露出地面的大块岩石。今夜她所到的地方大树不多，好像是一个陌生的地方，在山的半腰。她感到，那些药草就在周围，有些甚至就在她脚下。她蹲下去，果然摸到了土茯苓。她用铁耙一挖下去，那些块根就被兜出来了。多么好闻的气味啊。就着月光一看，到处都是土茯苓。她低着头只管挖。忽然，她看见前面一个黑洞，她被吓着了。坐在地上。再一看，黑洞旁有一座坟。巨大的灵芝菌就长在洞口，发出幽光。她不敢去采那灵芝，她背起竹篓离开了。然而衣裳已经汗湿了，她摸黑起来换衣。

“屋里的，你想什么呢？”

“我想，牛栏山里还有很多东西我们从来没看到过。”

“应该是这样吧。靠山吃山嘛。所以你才会有灵感嘛。”

亿叔似乎很高兴。亿嫂躺下后就安静地入梦了。她的睡眠很深，不再有关于灵芝菌的梦。

第二天早上起来，就看到了药草园被破坏的情景。泥土里的脚印不是野兽的，是人的，成年人。

“谁会做这样缺德的事呢？”亿叔纳闷地说，“像有深仇大恨似的，可我们并没有仇人啊。下了一夜雨，那人冒雨来干这种事。”

“别唠叨了。算了。”亿嫂果断地打断他。

夫妻俩开始收拾残局。

他俩将最后几株车前草打理好时，太阳已经升起老高了。

亿嫂回到屋里煮早饭。当她将锅放到灶上时，就感到自己的肚子里有个胎儿在踢蹬。当然，那不是胎儿，只是一种感觉。

“灰句？”她不知不觉地说出这个名字。

“我看见他和他的女朋友一块进城去了。他满脸都是喜色。”

亿叔在前面房里说话时，亿嫂就不住地点头，附和道：

“小伙子需要女朋友。他们是去城里打工了吧？”

“是啊。”

亿嫂肚里的胎儿又踢了她一脚，她有点兴奋，因为那很像从前怀孕时的情形。难道山宝又回来了？

吃过早饭她立刻就去茅奶奶家。

“我惦记着你今天要送药来，所以早上三点钟就醒来了。”茅奶奶说。

“喏，都煎好了。是上个月采的，剩下最后一点。不过以后就可以给您用新药了。您的运气不错呢。”

“我坐在这里琢磨，这人啊，只要心中有指望，活得就好了。比如我想着你会送药来这事，这就是指望。你瞧，我刚喝下去，马上这腿就轻松了。亿医生，我看着你长大的，你不是一般的人。”

茅奶奶喝了草药后，脸上居然显出一点点潮红，这让亿嫂吃了一惊。

“我当然是一般的人。赤脚医生嘛，不过认得许多药草罢了。”

“你不光认得药草，你还调动它们。我听到过它们在我里面说话。”

茅奶奶撑着拐杖站起来了。她笑容满面。

“亿医生，亿医生，你真是妙手回春啊！”

她在屋里走了好几步。亿嫂连忙扶她坐下来。

“你不是一般的人。”茅奶奶又说，“我小的时候，牛栏山发生过一次泥石流。我们躲过了灾难，但是后来瘟疫来了，村里的人口少了一大半。瘟疫之后，我到山上去看看，发现那些草啊树啊，全都不是原来那些品种了。当我听说你专门捣鼓山上的那些药草时，我就知道我的病腿有办法治了。你瞧，这么多年了，不是好好的吗？这都是因为有了你！”

“是真的吗，茅奶奶？所有的植物全是泥石流之后长出来的新品种？你记得清清楚楚吗？”亿嫂瞪大了双眼。

“我记得清清楚楚。因为我每天都在山上挖野菜嘛。”

她俩相视一笑，两个人心中都涌出暖流。

“那么，茅奶奶看好我的工作啊？”

“不光看好，我这条老命都差不多是因为你而活着的。你想一想，我需要草药治我的腿，你去山里寻草药，山上长出那些药草来让你去采摘，这种游戏多么好！人生能有这样的快乐事，谁还舍得下它们？我常想，云村之所以有你，是因为一开始就是这样安排的啊！”

“茅奶奶真了不起。我并不知道自己有这么幸运，可今天您的一席话引我走出了迷途。我坐在您这里，看见了山上有很多以前没看见过的东西。”

亿嫂背着药箱告辞了。茅奶奶扶着门，恋恋不舍地朝她挥手。

一路上，亿嫂不住地对草药的疗效感到惊异。一般来说，对于这种慢性病，用草药至少也要过一天才起作用。大概茅奶奶对牛栏山特别熟悉，所以她的身体也特别容易同草药产生感应？这种事太奇怪了。亿嫂在乡间的小路上“哧哧”地笑着，沉浸在某种意境中，暂时忘记了早上发生的不愉快的事。她想，也许终究这事会水落石出的吧。

第五章

圆有西大妈
和她的性情古怪的媳妇

她看见灰句了。灰句同他的女朋友兴高采烈地走在大路上，他穿着白衬衣，气色很好，挑着一担板栗。他们俩是去城里。

“亿医生，这是我的女朋友小勺。我过两天就上您家里去。”灰句说。

“啊，小勺！姑娘真漂亮！”亿嫂由衷地说，“灰句，你比以前更漂亮了。你们快结婚了吧？”

“还没有。要待我干出一番事业来才考虑这个问题。”

灰句突然说出这样的豪言壮语，令亿嫂诧异，因为太不符合他以往那种腼腆的性情了。看来爱情的确能改变一个人。

“我们不要耽误亿医生的时间了，她是大忙人。再见，亿医生。”

小勺说着就推着灰句加快了脚步。两个年轻人很快就走远了。

“他俩真是天生的一对！”有人在亿嫂旁边说话。

说话的是麻二嫂。

“灰句这孩子要交好运了。先前他要同我学医，我也觉得不太合适。现在他走了一条适合他自己的路，我真高兴。”亿嫂说。

“是这样吗？”麻二嫂探究地看了亿嫂一眼，“云村的人啊，心思很难琢磨。”她轻轻地叹了口气。

“年轻人的路很长很长。”麻二嫂不知为什么又加了一句。

亿嫂并不为灰句担心。她见到了他，她觉得小伙子很幸福，所以她心里也高兴。她想，每个青年人的路都是很长的，灰句也不会例外。像他这样朴素的好青年，前途应该是很好的。麻二嫂是有点悲观的人，她为灰句担心是出于爱护，亿嫂深知这一点。

“日子过得真快啊！”亿嫂感叹道。

麻二嫂邀请亿嫂去她家坐一坐，两人就一同进了她家院子。

“屋里阴冷，我们坐在院子里说话吧。”

麻二嫂端出了两杯芝麻豆子茶。

“昨天去他坟上送药，他什么也没说，是不是生我的气？”

“应该是喜欢吧。他只要看着你来了就心满意足了，不用说话。”

麻二嫂听了亿嫂的解释就放心了。

这院子很大，亿嫂坐在院子里可以看见好大一片天，这是她以前没注意到的。她想，难怪麻二天天坐在这里，他大概已经神游过天下了，他不是还从围墙上的镜子里去树林中神游过吗？麻二麻二，你这一生可没有亏待过自己啊。亿嫂相信心宽的人有福，所以觉得麻二有福气。

“他倒选了个好地方去住了。我呢，还在这里。”

“这里不好吗？”

“这里当然好，可他不在这里了。”

“你可以找一位好人来住，代替他。”

麻二嫂嘻嘻地笑，似乎在考虑那种可能性。

亿嫂发现墙根有一长排七叶一枝花，像卫兵一样立在那里。她看着看着，眼眶便发红了。

“我也知道他回不来了，我也很想另外找一个，可哪里有？”

亿嫂知道她想说的是：“哪里有像他那么好的？”

“要去找才知道。世界这么大。”

麻二嫂将她送出院子时，她便听到了麻二在喃喃低语。

“你听，他不是说话了吗？”亿嫂小声说。

“这是因为你来了嘛。”麻二嫂的声音更小。

亿嫂现在是去圆有西大妈家里。圆有西大妈患骨癌，亿嫂用中草药帮她做保守疗法。她打算过一段时间再给她少量吗啡。

“圆大妈！”亿嫂叫道。

“啊，我的侄女来了呀！快坐下。”

圆有西大妈一直称亿嫂为侄女。近来她常和亿嫂商量自己身后的事。她认为别人都靠不住，只有亿嫂最可靠。昨天下午她的二媳妇对她说，亿医生想侵占他们家那间独立披屋，用来放草药。当时圆大妈就哈哈笑起来，对二媳妇大声说：“那披屋是我胡乱搭的，没什么用，能给亿医生派上用场最好！”二媳妇傻了眼，连忙解释道：“没有的事，是我瞎猜的。”圆大妈马上接着她的话说：“你这瞎猜猜得好，提醒了我，我马上找人来立个字据，我死了就把那披屋赠给她。细辛（二媳妇的名字）啊，我看你是操心人，你良心这么好，今后的生活会有保障，我对老二也放心了。”圆大妈这样一说，二媳妇就哭了，一边哭一边诉：“妈妈，您可不能死啊。”

亿嫂和圆大妈在房里说话时，二媳妇细辛就在门口帮家里做煤饼，因为圆大妈怕冷，要烧好多煤。

年轻女人翻着白眼，恨恨地将和煤的铲子摔得大响。这时她婆婆的声音就从窗口传了出来：

“二媳妇为人最好。我走了后，您可要帮忙照料她的两个女儿啊。”

“这是看得出来的。她多么勤劳，她撑起了一个家。”亿嫂说。

年轻女人听了这话便腿一软，坐到了地上。她很纳闷：这赤脚医生到底要捣什么鬼？她果真会关照自己的女儿吗？她又想了想，觉得这是可能的，因为她同婆婆的关系这么好！

屋里两个女人的声音小了下去，年轻女人再也听不清她们说些什么了。

“侄女啊，最近有天夜里，我在树林里乱走，就走回老家去了。老家的那栋房子里黑蒙蒙的，房子外面倒是有些人站在那里，可又一个面熟的都没有。我退出来，又回到树林里，这时天忽地一下就亮了。侄女啊，你告诉我，我大概还有多久？”圆大妈讲她的经历时满脸都是迷惑。

“好事情啊，”亿嫂也像她一样压低了声音，“看来你会平安回家。不过还不到时候，多则两年，少则一年。孙女儿的事，我不会忘记的。”

“你给我吃了定心丸了。”

她俩说话时，圆大妈一直握着亿嫂的手。圆大妈对这双手是如此熟悉，它们不仅常常帮她号脉，还帮她做过按摩。这是一双亲人的手。

“我总想问问你，你如何看待云村的人脉？”

“人脉很旺盛嘛，这是很明显的。”亿嫂肯定地说。

圆有西大妈笑逐颜开，轻拍着亿嫂的手背不住地点头说道：

“好，好！我也是这样认为的。有人放出风来说，云村正不压邪，阴气太重，我看这完全是胡说八道。云村是个古老的村子，这种村子一般来说不会迷路。我听我爷爷说过，我们祖上也有过你这样的草药郎中……我坐在家里老是想，那时的牛栏山是什么样子呢？侄女啊，今后你有空了就会来山上看我吧？”

“当然会。我自己最后也要回归山林。”

“那我们就约定了啊。嘘，小声点，别让老二屋里的听见了。让年轻人听见了影响不好。侄女是医生，所以我才对你说。”

亿嫂看着圆大妈喝药，自己的喉头也动了一下。就好像那草药也到了自己的身体里一样。她盼着那些小草快快发生作用。

“这里的确人脉旺盛，再穷也难不倒我们。”圆大妈说，“不过上星期发生了一件不好的事，我栽下的一株香椿树忽然枯死了。我是栽在后院里的。那里的土很好，怎么会发生这种事？我不放心，就用铁锹掀开土。我居然发现一尺来深的土里有一块石板！这是我亲手栽的树，谁会挖空心思将一块石板塞到树根下面去？唉唉。”

“不要悲观，圆大妈。我想，再好的地方也会有人一时想不开就心生恶念。这没什么关系，树死了还可以栽。”亿嫂安慰她说。

圆大妈要带亿嫂去看那个树洞，亿嫂就跟随她来到了后院。那洞还没有填好，因为圆大妈太伤心，就让它那样敞开着。

“奇迹！奇迹啊！”她一边挥铁锹一边嚷嚷，“那块石板不见了！侄女啊，那人后悔了！知道后悔就好！这就证明云村的人脉是没问题的。”

“当然没大问题，因为牛栏山在护着我们。您瞧，我们这里不管种什么都长得很好，年轻人都不甘堕落。”亿嫂高兴地附和她。

她俩坐在板凳上看着那个洞，两人同时想起了自己生活中的挫折，还有那些幸福的瞬间。圆大妈告诉亿嫂说，她要在死之前将两个孙女儿的毛线衣和毛线帽子织好，一人五样，式样要新，针脚要匀。现在她正努力往前赶，就像完成一桩事业一样。

“您这股劲头啊，就代表了云村的个性。”亿嫂说。

圆大妈回屋里拿了一袋烘得透明的红薯干送给亿嫂。“我真想同我侄女一块去山上采药啊！”她说这话时差点要哭了。亿嫂赶紧离开了。

“亿医生！”

是圆大妈的二媳妇赶上来了。

“您真的会照顾我的两个女儿吗？”她问道。

亿嫂看了看她，认真地点了点头。

“那样的话，我就要开始学好了。我要做一个好人。”她腼腆地说。

“细辛你这是怎么啦，你本来就是个很好的人嘛。”

“谢谢亿医生。原先我总认为自己反正不是云村人，怎么做都没关系。现在我要改，我发誓——”

“啊，姑娘，别发誓。我告诉你一件事：我最喜欢上你们家来，你们家是个有喜气的家。”

“您真的这样认为？”

“确确实实。”

“我会高兴得睡不着觉了！您多来家里吧，多来！”

“好！”

离开这反复无常的年轻女人，亿嫂心里那块石头落了地。她想，圆有西大妈能同脾气乖张的媳妇相处得不错（至少表面上看去如此），该有多么了不起的胸怀！云村是个很大的村落，傍山而建，还有继续扩张的趋势。现在外来人口年年增加，连亿嫂都常碰见陌生的面孔。这穷乡僻壤，怎么会有这么大的吸引力？灰句的女友小勺，大家都说她是自己找来的，一来就同灰句好上了，再也不离开了。就这一件事，不就说明了云村的人脉吗？人脉这种事很难说清，朦朦胧胧，但确有其事。

亿嫂坐上了公交车去县城里买药。

车上人不多，每个人都有座位。她旁边是一位农妇带着小女孩。

“这孩子真乖。”亿嫂说。

“可她不好好吃饭。言子，听到没有？医生说不吃饭长不大！”母亲笑着说。

“我才不要长大！”女孩朝亿嫂翻白眼，“长大了很辛苦。”

“她说得有道理。她是个爱思考的小孩。”亿嫂好奇地看着女孩。

那对母女很快就下车了。亿嫂旁边的座位就空着。突然，空着的座位上有人在对亿嫂说话。

“亿医生，您刚才注意到没有——”一个男声轻声对她说。

“什么？”亿嫂也轻声问道。

“下车的那个小孩说出了云村祖祖辈辈的秘密啊。”

“有道理。我们的确是辛苦人。可您是谁？”亿嫂茫然地向空中发问。

“我是那种见不得人的人。对不起，我下车了。”

车子的确停了一下。亿嫂欠身去张望，并没有看到有谁下车。

她昏昏沉沉地到城里的药材市场买了一些中药，又昏昏沉沉地坐公交车回到云村。

她感到下午发生的事不太真实。云村竟还有见不得人的人！这个人是如何设法隐身的？也许并没隐身，只不过是坐在后排了，她没注意到？在城里的时候，她还去了从前的赤脚医生培训班。那个地方已经颓败了，连那座红砖房都已坍塌了三分之一。二楼有个老头向她招手，请她上去。他是从前的培训站的站长，说话时口齿已不太清楚。

“小亿，你还在坚持？那时我就看出你有潜力。”

“站长，我这一辈子就这样了。您的身体如何？”她关心地问。

“你要干一辈子？好。我快死了，我常梦见从前的好日子。我记得你从前晕过血，后来就完全适应了。你，你有潜……”他猛咳起来。

亿嫂走了好远站长的声音还在耳边响起。站长从前是位干练的中年医生，他的专业居然是妇产科。亿嫂就是向他学的接生。那时她还有点暗恋这位老师呢。亿嫂回忆到这里就掉下了眼泪。

她怕辛苦吗？当然不。她好像觉得自己在辛苦中有某种盼头似的。什么样的盼头呢？不是连山宝都离开自己了吗？但她只要一投入工作，就会感到那种说不清的期盼。大约这就是站长所说的“潜力”吧。

第六章

灰句的反常行为

“我有点老了。”亿嫂对自己说。她今天上午为圆大妈的大媳妇接生时头晕，差点跌倒了。后来她一咬牙稳住了自己。

前些日子，她还幻想过让灰句来学习接生呢。那么，她应不应该考虑让米益来帮自己呢 ？可是米益这姑娘已经好久都不到云村来了，说不定也像灰句一样找到伴侣了呢。她结婚了吗 ？生活中的事特别难以预料，比如说，她从来也没有预料到站长会变成那个样子。她以后要多去看他。先前她去过站里好几次，但从来没找到过他。也许他躲起来了？唉唉。

“老亿啊，你看我这辈子还会有休息的日子吗？”

“兴许有吧。带了徒弟就会好些。可是屋里的啊，你哪里闲得住？灰句现在不知怎么了，他可能有点糊涂了吧。”亿叔说。

“他一点都不糊涂。我看见他很欢喜的样子。他运气好。”

“可他的女友小勺性格有缺陷呢。”

“会有什么缺陷？那么年轻！别听人乱说。”

“好，我不听。其实我同你一样，觉得灰句会走在正路上。”

“他当然会走在正路上。”

他俩说着话天就黑下来了。亿嫂感叹乡下的日子过得真快，还说这是她喜欢乡下的原因，因为每一天都是满满实实的。如果犯了错误也很容易纠正。哪里有时间去后悔？所以亿嫂从不后悔。就说灰句这事吧，他来了就来了，走了就走了，一切顺其自然。那些激动啊，憧憬啊，经历了就经历了，不是很好吗？

“可我有点老了。”亿嫂说。

“嗯。我们得加紧培养一个接班人。”

亿叔点煤油灯时，他那高大的身影映在墙上，晃动着，亿嫂想起了很多往事。她突然想到这个问题：如果山宝还在，会不会成为赤脚医生？

夜深了，亿嫂的思绪跟着那本医学杂志走到很远很远的乡下去了。杂志里介绍了几种稀有的草药，牛栏山里不长这种药草，据说要在开春时去东北的大山里面采摘它们。这些药草的药效都很猛，大概因为它们长年累月不同人打交道才长成了这种属性？亿嫂知道自己这辈子去不了东北的大山里了，可是她对这种事很入迷，所以她口中念念有词，一遍遍熟记那几种药草的性能和生长的习性，还有采摘的时间。

亿叔已经入梦了，在他的鼾声中，那只黄鼠狼又在弄出响声了。它几乎夜夜都来，该有多么顽强啊！

“谁？”亿叔在说梦话。

“没有谁，又是那个老朋友。”

亿嫂走到外面，看见有个人站在惨白的月光里。难道是灰句？那人很快就消失了，像影子一样，应该不是灰句。

这时黄鼠狼躲起来了，亿嫂知道它就躲在附近。亿嫂心里对黄鼠狼充满了怜悯，她觉得这种怜悯同她对山宝的怜悯是同一种性质的。她那些鸡一声不响，也许吓傻了吧。鸡啊鸡。亿嫂和大家一样养鸡，也吃鸡。她解释不了她个性中的矛盾。

那些药草都长势旺盛，是因为土质好，还是因为她的精心耕种？亿嫂知道有些人不喜欢闻药草的味道，可她从一开始就对这种种药草的浓烈香味入迷。她常在梦里闻着它们周游那些深山老林。有段时间，她栽种的几种药草因为施肥过度都枯萎了。她睡不着，半夜起来打着手电在园子里照来照去，还蹲下来细细观察。在她的照料下，那几种药草都恢复了生机。从一开始，她就感到这些药草像孩子一样，需要全神贯注地照料它们。

亿嫂发现那个人又出现了，他不是影子，他的确是灰句，他正走上大路，往他家里走去。亿嫂想，灰句这孩子真纯粹，他因为爱而做了赤脚医生，后来又因为爱而放弃了这个工作。这样的青年，他的命运不会是一帆风顺的。刚才她没能看清他的脸，但不知为什么，她觉得那背影很阴沉。不过也可能是她的幻觉。她为什么会将他设想成阴沉的样子？他不是已经找到了爱情吗？这对于此地出生的男孩来说是一件大大的好事啊。

“我刚才在园子里看见灰句了。”她在黑暗中说。

“真的吗？”亿叔的瞌睡全醒了，“他来干什么？”

“只不过是来看看吧。真是个好孩子。”

“可我怀疑先前的破坏同他有关。”

“不要那样想。我们睡吧。”

亿嫂的心情十分舒畅，所以她马上就睡着了。但是亿叔睡不着，他悄悄地披衣走到了外面。一开始他怀疑自己眼花，就揉了揉眼再看，没错，是他。或许他生活中发生了什么变故了？

“灰句，深更半夜的，你在干什么啊？”

“我来看看它们。要不它们总是缠着我。”灰句嘟嘟哝哝地说。

“你是指药草吗？”亿叔贴着他的耳朵轻声说道。

“嗯。”

“你可以白天来看它们嘛。亿嫂很希望这样。”

“可我背叛了它们。我如果白天里来，就会不好意思。”

“灰句，你摸摸你的心，看它是不是跳得很厉害？”

“不用摸了，亿叔，它要跳到喉咙里来了。”

“你是个好青年，亿嫂没看错。”

“亿叔，我走了啊。”

“白天也可以来，不要不好意思。你瞧那些麦冬，它们爱你。”

亿叔往回走时，看见那只芦花鸡从鸡笼里挤出来了。它正若无其事地在月光下走。怎么回事？难道它盼望黄鼠狼将它捉了去？亿叔一把捉住它，将它塞进鸡笼，将鸡笼的门关严实了。他做这件事的时候，芦花鸡发出惨烈的叫声，正像被黄鼠狼咬住了脖子一样。亿叔苦笑着摇了摇头，心里想，世事该有多么古怪啊。

“为什么不任其自然呢？”亿嫂笑着说。

“你都听见了啊。越活得久，就越觉得自己复杂。”亿叔有点沮丧。

“云村人嘛。人还是复杂一点好。我听见灰句回家了，他一路吹口哨呢。我们还可以睡一会儿。”

他俩几乎是同时睡着的。但他们睡得不死，两个人都在昏暗中行走，看见月亮，看见野猪，还看见一个灰白色的湖，在月光下闪闪发亮。一般两人做同样的梦的情况并不多，一年有那么一两次。他们把这叫作“串梦”。“串梦”是幸福的，因为老觉得有个人在你旁边，这个人看见了你所看见的，并且还可以记起对方在自己的上一个梦里是从哪里走出来的。

芦花鸡在屋外又叫了一次，叫得同上一次一样惨烈。很可能它是在演习，它是喜欢自娱自乐的小动物。但是这一次，屋子里面那两位都没有听到，当时他们正进入很深的睡乡。

第七章

米益生活中的转折

米益不是云村人，她住在邻县的荒村。荒村并不像它的名字，它里面热闹得很，邻里之间的关系非常密切，家家的大门在白天都敞开着，便于相互串门子。米益是心思细腻的女人，好多年里头，虽然生活在和睦的家庭里，丈夫疼爱她，儿子依恋她，姊妹之间来往也密切，但不知为什么，她总觉得这种生活对她来说很危险，觉得自己不适合这种生活。近来她又产生一种幻觉，这就是她丈夫罗汉正打算撇下她和年幼的儿子，和另外一个女人去过。当然她从未将自己的这种担心向人透露过。白天里，家中人来人往的，她连细想一下这件事的机会都很少。那忧虑停留在她心头，有时她会望着罗汉发呆，心里生出绝望，甚至到了难以掩盖的地步。

“米益，你有心事？”罗汉关切地问。

“没有。怎么会？我好得很！”

“我瞎猜罢了。赤脚医生那边情况如何？”

“我好久没过去了。我在钻研针灸。我想她应该总是很顺利的。”

“为什么不去云村看看她？我觉得你和她会合得来。”

“我会去的。她太忙了，我实在不忍心去打搅她。过一阵吧。”

罗汉在镇上办榨油厂。他一心一意赚钱，想让米益过上富裕的生活。

罗汉出去工作时，米益就在家做家务。她是非常能干的女子，这点家务不够她做。于是村里的闲人就老来串门，逗她的四岁的儿子米兰。有时候，米益将大门关上想图个清静，看看书。但那些媳妇们不依不饶地敲门，儿子马上奔过去开门。“米兰，米兰，给我家做郎去吧！”她们哈哈大笑。儿子也大笑。米益也笑起来了。儿子实在太可爱了，米益心里头生出歉疚。

这种欢乐的小日子过得飞快，米益二十八岁了。有一回她到云村去走亲戚，看见了身背药箱在小路上行走的亿嫂。米益的表姐对米益说，这个人是云村的赤脚医生。米益就是从那一次才知道“赤脚医生”这个名词。她站在那里，望着亿嫂渐行渐远的背影，心里竟然涌出一股惊慌。她很快就知道自己为什么惊慌了，那就像她上初中时的一种感觉。她走在去学校的路上，一只奇怪的鸟在她周围什么地方发出声音：叽，叽叽，叽，叽叽……可她从来没找到过那只鸟。每当她听到那鸟的叫声，她总是心里发慌。她结婚后那只鸟就消失了，米益再也没有心里发过慌。难道这位亿医生就是那只鸟？

表姐催她快走，因为家里的甜酒酿好了，要回去吃。

“看来米益对行医有兴趣？”表姐说。

“我真羡慕这位医生。”

“我带你去她的药草园看看吧。我怕浪费她的宝贵时间，我们从外面看一看就行了。”

她俩站在坡上观察药草园。米益现在不只是惊慌了，她还有种窒息感。

“米益，你不舒服吗？脸色这么惨白？”

“我们回去吧。”她说，长长地吐出一口气。

“你好像对草药过敏？”表姐问。

“啊，我，我太爱它们了。它们就好像是我命里的煞星啊！”

“云村的人都很尊敬亿医生，可为什么没有人想到去接她的班呢？可惜我没有这个天分，我要有的话，一定去！”表姐迷惑了。

她俩一块吃了甜酒糟，吃得脸上红彤彤的。但米益情绪不高，像心事重重的样子。她看着表姐的眼睛，神情恍惚地说：

“我快二十八岁了，多么奇怪。”

“你真好看，米益。二十八岁的少妇是最好看的。”表姐赞赏地说。

“啊，可我为什么两眼茫茫？”

“这是因为你被赤脚医生这个职业迷住了。你需要时间多想想。”

“表姐，你最了解我，你救救米益吧，米益在沉沦。”

“喏，拉住我，沉不下去的。”

米益黄昏时才回到家。隔得老远她就“米兰，米兰”地大声叫。

儿子从屋里跑出来，扑在她怀里“哇哇”大哭，米益也哭了。

事后米益想，她自己怎么也哭了？好像她打算抛弃儿子了似的?

她当然不会抛弃儿子，儿子是她的命根子。

第二天罗汉对米益说:

“我一直觉得你同那位亿医生挺投缘的。你可以事业和家庭兼顾嘛。我也想明白了，榨油厂就不再扩大了，我在家里多待些时间，支持你。”

他俩默默地干杯，为目前还看不见的事业。

“我从前没有看出你的性格。对不起。”罗汉说。

“我自己也没看出。直到我站在山坡上，看见那片药草园……其实我到现在也不完全清楚那是怎么回事，但我就是想改变自己。啊，我太难受了。”

“还来得及，还来得及，米益！有我呢。”

米益突然就生出了力量。她没日没夜地学习。当她听到灰句离开亿医生的消息之后，她的紧迫感就更强了。她还抽了一天时间到县里去拜访了从前的医疗站的老站长——一位和蔼的有病的老人。

“那时小亿和你年纪差不多？也许还小一点。”站长那喑哑的声音断断续续地响起，“她天生是干这份工作的料。接生时，她的手就像是同婴儿粘在一起的一样，那么合拍。她是山林的女儿，这谁都看……”他被咳嗽打断了。

“亲爱的站长，您休息吧，我还会来看您老人家的。”

米益一边走一边回头看医疗站那坍塌了的红砖房，眼泪就流下来了。

有两位脸庞黑黑的大妈追上她，轮流对她说话。

“姑娘，姑娘，你是来学医的吗？如今……”

“姑娘，你可要对自己有信心啊。别看这地方颓败，这里从前走出过一位了不起的女医生，她的名字叫……”

米益刚要开口问她俩一个问题，她俩就跑得不见踪影了。

“从前的好日子还会再来……”两人的声音顺风传来。

米益心里想，多么美的事业啊，她不是向往过这种情境吗？她还没有去找亿医生，因为她觉得自己的准备还不够充足。她对自己说：“我要百折不挠。”站长说，亿医生是唯一坚持下来的一个。站长的话触动了她，她立刻就构想了一个药草园，不是在家门口，却是一座小山。她要将那座荒山全部种满药草。她要发动村里的年轻人来帮忙。

“我爱老站长，他如果死了，这世界上就再也没有这样的老前辈了。”

米益对罗汉说了这话心里就有点发慌。

“不是还有亿医生和米益吗？我现在才看出你是有能量的人。”

罗汉的话在房间里回响着，米益感到自己渐渐坚强起来了。站长的话虽然伤感，但她从他的语气里听出了他对亿医生的信赖，那里头有种古老的激情，只有知情者才能领悟的激情。那是什么含义？

“我打算承包村子后面的小山包。”她对罗汉说。

“好，有气魄，我也来帮忙。”

“老天给了我志同道合的丈夫。”

“米兰，为未来的赤脚郎中鼓劲！”

儿子米兰跑了过来，爬上妈妈的膝头亲吻她。

“啊，我现在心里踏实多了。”米益说道，“我们荒村，这么多的病人，难道不需要一座药草山？过几天我就去学习种植药草的技术。”

“云村的牛栏山从古时候起就生长着多种药草，我们荒村没有那样的条件。可是米益有雄心壮志，她能造出一座药草山来。”罗汉一边沉思一边慢条斯理地说出这些话，他脸上挂着微笑，看上去很幸福的样子。

“罗汉，你真的相信了我？”

“应该说，我到现在才理解了你。你就是药草山。”

隔壁的邻居发出惨痛的哭叫，米益和罗汉的脸色变得凝重了。米兰吓坏了，将小脑袋一个劲地埋在妈妈怀里。

邻居邹姨患的是鼻癌，已经到了晚期。

“我妈妈在世的时候，给我讲过一些药草的故事，那时我听了半懂不懂的……不久前的一天，我同表姐去看了药草园，我突然就对药草产生了感应。我都记不清当时的具体情况了，我的震动太大了。好像生死攸关的选择出现了似的……那位亿医生，她从一开始就明白一切，我不像她，我是直到最近才慢慢想明白的。但我一开始就没有把握。”

米益幽幽地说了这些。罗汉一边听一边点头。

“来得及来得及，”他说，“米益不是那种心血来潮的人。你之所以对自己没有把握，是因为还没有做起来啊！一桩事业还没有做起来时，谁都没有完全的把握啊。”

米益的脸上出现了笑容。

米益和罗汉开始行动

米益到亿嫂家拿了一些医学方面的资料。

她走在回家的路上时，看见有个人坐在路边数钞票。她走近一看，原来是灰句。他抬起头望着她笑。

“你城里的生意做得怎么样？”米益问他。

“还不错。小勺就是会做生意。我们会要雇帮手了。”

“祝贺你啊。”

“祝贺什么呢？祝贺我脱离了梦想？”灰句眨巴着眼茫然地说。

“你认为做小生意不是梦想？”

“起先我以为是。我做得很投入……可不知为什么，还是比不上那种梦想，那种更刺激！可我也不愿意吃回头草。我这是怎么啦？米益，我听说你要开荒种药草。我想给你一个忠告，一定要小心谨慎，因为会有变态者来搞破坏。在这世上，标新立异是危险的，人人心中都有怨毒情绪。”

“好，我谢谢你的忠告。可我是做一件好事，别人为什么要破坏我？”

“你不明白这里面的道理。弄明白了也没意思。我要回家了。”

灰句收好钞票，朝着同米益相反的方向走了。

米益听了他的话心里有点乱。也许他是对的。他说人人心里都有怨毒情绪。可这些人为什么不去追求梦想呢？因为惰性还是因为心神不定？对了，刚才灰句就是心神不定，他大概看不清很多东西……米益很同情灰句，可同时又禁不住心里有点高兴。她看见自己占据了灰句空下的位子。莫非灰句刚才所说的怨毒情绪是指他自己？他不是正在追求自己的幸福吗？他的买卖很有起色，他应该不会怨恨别人。米益尽管心思细密，还是猜不出灰句话里的意思。她回想起灰句坐在路边数钞票的样子，也觉得他有点异样。这是一个陌生的、她不了解的灰句，他曾经有过做赤脚医生的理想，后来又放弃了。

米益回到荒村的家中时，罗汉已经把承包小山包的合同签下来了。从现在起，那座小山就属于他们家了。米兰在房里疯跑，口里喊着：“我们有一座山了，我们有一座山了……”米益笑着将儿子抱起，心里紧张得厉害。

“先去同亿医生学习栽培技术。”她低声对罗汉说。

“不怕，一切有我呢。”

“你怎么知道我心里紧张？”

“我是你老公嘛。我们豁出去了，是吗？”

“是啊，万事开头难，我从亿医生那里学了很多。”

有人没敲门就进来了，是村里的理发匠，性格有点阴沉的远龙。

“远龙，你最近的生意很好啊，邻村的人们都上你店里来理发了。”

罗汉说着就递给他一杯浓茶。

“我的生意不算什么，我是瞎混，混饭吃。”他喝着茶说。

“可并不是这样啊，大家都喜欢你做的发型啊。”罗汉说。

“这年头，做好事是有风险的。”远龙眯缝着眼，仿佛在回忆痛苦的往事。

米益暗想，那会是什么事？为什么他，还有灰句都认为做善事有危险？

三个人都不说话了，房里一下子变得很安静，米益甚至听到屋外的空中有大鸟在飞翔，一轮又一轮地盘旋。

远龙突然站起来，招呼也不打就走出去了。

“远龙是从外地搬来的。他的腿是被人打瘸的，他搬来之前腿就这样了，谁会欺负这样一位忠厚人呢？”罗汉迷惑地说。

“大概因为种药草的事，今天有两个人忠告过我了。”米益说。

米兰睡着了以后，夫妻俩就手拉手走到了外面。

小山发出朦胧的荧光，甚至一闪一闪的。两个人都看呆了。现在它是他们的山了，莫非它认出了主人？其实它并不是荒山，它原来就是有主人的。它的主人是村头的老杨。老杨不在山上栽种任何东西，但老杨每天都要去山上走一走，看看那些乱草和小枞树，蹲下来同它们说话。在米益的印象中，鳏夫老杨是很有情趣的。老杨的身体也有病，他的左腿一到春天就肿得像小水桶一样。当米益向他提出来要承包他的山时，他立刻同意了。

“多少钱？你开个价吧。”米益惊慌地说。

“钱？不要钱。它属于你了。”老杨坦然地回答。

“可是，这，这不太好吧？这是你的山嘛。”

“我无所作为，没有资格说它是我的。我情愿赠予你们夫妇。”

“啊，那么，我同罗汉合计一下，给些钱给你。”

“随你的便。我不在乎，我要钱干什么呢？”

当米益对罗汉说起这事时，罗汉就沉默了。过了好一阵罗汉才说：“老杨是我们荒村的魂。”夫妻俩都觉得他不太像今天这个社会里的人。也许古代的游侠定居下来之后就是他这个样子。

“你听！”米益小声说。

他俩都听到了老杨含糊的声音。这样的月夜，这样的朦胧的光，这种含糊的说话声……两个人都深深地陶醉着。

“将它变成药草山会不会是个错误行动？”米益踌躇了。

“不会的。只会使它越来越好。你瞧，它不是在欢迎我们吗？老杨可不是个随便的人，他看中了我们，我们运气好。”罗汉说。

“哈，你的思路真清晰。也许该做赤脚医生的是你？”

“等你以后成了医生，我就是半个医生了。这叫近水楼台先得月。”

“我倒觉得我是那楼台。罗汉，我以前并没看出你的这些优点。”

“彼此彼此吧。我不是也没看出你的真正的个性吗？”

他俩又听见老杨的声音在山上响起，可那到底是不是老杨？

“罗汉罗汉，怎么梦想一下子就变成了现实呢？我想哭了。”

“可米益没时间哭了，以后再去哭吧。”

当他们走到山边上时，老杨的声音就消失了。看来刚才不是老杨，因为他家那盏灯还亮着呢。莫非是小山包在模仿老杨说话？米益说出心中的猜测时，罗汉就感动地搂紧了她。

后来他俩上了山，爬到半山腰坐下来看夜景。

“米益，刚才我听见你说了一句话。”

“可我没说话呀。”米益小声说。

“哈，那就是它，它在模仿你说话嘛。”

“我的天。我们一下子就成了主人了。”

米益坐在小石头上，心里既兴奋又惊慌。但她很快就担心起儿子米兰来了，连忙往回走。

房门开了，米兰站在门口。

“米兰米兰！”米益抱起儿子，轻轻拍他的背。

“我听见很多人说话，就起来看看。”米兰打着哈欠说。

“睡吧睡吧，他们都走了。”米益心酸地说。

他们睡下之后，罗汉在黑暗中说：

“米兰也许将来是你的接班人。”

“罗汉，我忘不了医疗站的老站长。他是那种你见过一面之后就永远忘不了的人。啊，今后会怎样？”

“不要想得太多。我们一步一步地走。刚才在山上，我在心里默默地同我们的山对过话了。不，不是单方面的，它应和了我，所以我心里踏实了。我现在可以看见那些细叶香薷和大叶香薷，满山都是它们，那种浅浅的紫蓝色，很像你从前说起的天堂……”

罗汉说着就入梦了。米益在心里说，他该有多么幸福，他真是个容易满足的人。米益好久都没睡着，一个问题萦绕在脑际：如果遇上了陷阱，山会不会帮助她？

亿嫂的日常工作

“她很有英雄气概。”亿嫂激动地对亿叔说，“这事就像上天安排好了似的——灰句半途退出，米益随后而来。”

“荒村的条件不如云村，但她年轻，她会挺过来的。”亿叔说。

亿嫂的心中就像五月的艳阳天。她吃过饭，收拾好，就背上药箱去看圆大妈的大媳妇桑云的婴儿。

婴儿睡在竹编的摇篮里，虽然面色还有点发黄，但美极了。

“亿医生，没有您，我过不了那道门坎。”桑云哭着说。

“你这就不对了，哭什么呢？他这么漂亮，生他当然要费力。笑一笑，我命令你，笑一笑！”

桑云破涕为笑，高兴地说：

“我没想到他这么好看，是因为我们这里的风水好。”

亿嫂看见蛇时，便吃惊地“啊”了一声。蛇正从摇篮下面溜走，但它没溜多远，就挂在木梁上，似乎是从那里观察下面的婴儿。

桑云微微仰着脸，向着蛇发出轻笑。亿嫂心里便想，也许蛇在等她离开？蛇同这一家关系非同一般啊。她站起来，说要走了。

“别急着走啊，我要煮汤圆给您吃呢。”桑云着急地说。

“留着我下次再来吃吧，今天还有工作等着我呢。”

桑云送她到院门口，边走边说：“您可别见怪啊，蛇是我们的护家宝呢。以前您没见过它，因为它总躲着。小毛毛出生后，它的胆子就大起来了，总占着摇篮下边那块地方。”

“是好兆头啊，”亿嫂兴奋地说，“小毛毛一出生就通灵。”

“下次来吃汤圆啊。”

“一定来，一定来。”

回忆起接生时的情景，又想起刚才这条蛇，亿嫂感慨万千。

这个上午云村静悄悄的，村里人都扫墓去了。亿嫂不放心圆有西大妈，想去看看她。然而圆大妈的二媳妇细辛迎面走来了。

“我婆婆刚睡着了。她昨夜有点折腾，我给她喝了您开的药，她就睡着了。这药真灵。您给我也开一点吧，我睡眠不好。”

“瞎说，怎么能给你开同一种药？你这么年轻，怎么会睡不着？”

“我要操心啊。我婆婆不管家事，家里的东西都要被偷光了。”

“我看你家里没什么太值钱的东西嘛。”亿嫂笑起来。

“乡下过日子，一分钱也是钱啊。”细辛脸红了。

“你不用吃药，放宽心就不会失眠了。”

“也许吧。可我这心里总是紧得很，我觉得有人要害我。”

“你怎么知道的？”

“我就是知道。但我说不清，我文化低。我心里乱得很。”

“为什么不学文化？像你这么聪明的姑娘，心眼又好，要是学了文化，会过得很好的。”

“莫非您在讽刺我太愚蠢？”

“我怎么会讽刺你呢？我要走这条路到连姨家去了。别忘了叫你婆婆吃药，也别忘了我的话——学文化。”

亿嫂走出一段路之后回头一看，却看见细辛站在不远处向一位小媳妇哭诉什么事。她哭得很响，很远都能听到。亿嫂身上起了鸡皮疙瘩，她不由得想道，圆大妈的这位二媳妇是个看不透的人，她刚才对待她的态度是不是太简单化了呢？女人心中有无穷的苦恼，所以才会哭得那么伤心。她明知她不会去学文化（除非有什么特殊的契机使她产生动力），这里的人大部分都不学文化，可她还对她说那种不能贴她的心的话，难怪她要感到绝望了。亿嫂加快脚步绕开细辛所在的地方，她心里很不自在。不知为什么，她感到那两个女人正狠狠地瞪着她的背影，在心里诅咒她。出门时那种艳阳天一般的好心情完全消失了。她的脚步变得有点拖沓，她感到云村很阴暗。“细辛啊，我知道你心里苦，可你为什么不对我说出来呢？你以为我不能理解你吗？不，你错了。完全错了。”她就这样无声地与那媳妇对话，一会儿就走上了岔路，走到牛栏山面前去了。

当她从牛栏山折回，匆匆地赶到连姨家时，连姨已经刚刚去世了。

“我妈要我好好谢谢您。她一直到最后还念着您的名字。”

连姨的女儿紧紧地握着亿嫂的手，眼泪流个不停。

“今后，您就是我的妈妈了。对于我妈来说，您比任何人都重要。”她又说。

亿嫂一句话都说不出来，心窝那里隐隐地疼。

连姨的眼睛半闭着，亿嫂伸出手，轻轻地替她合上了。

回家的路上，亿嫂一直听到连姨在她耳边说：“我等你等不来，你到哪里去了？我等你……”亿嫂在心里回答说：“我能到哪里去？是一个需要帮助的人绊住了我的脚，所以我失约了。”可是她又想，细辛真的需要她的帮助吗？可能根本就不需要？

“屋里的，你今天气色不好，怎么回事？”亿叔说。

“我是老了。我分不清真和假……连姨去世了。”

“啊……你没和她见上最后一面？”

“没有。当时我走上了一条岔路，等我醒悟过来赶到她家里，她已经提前离开了。我真浑……”她哭起来。

“不要哭，不要哭，这是牛栏山设计好的，为了让你们在不同的两个世界里相互惦记。这样连姨就再也不会被忘记了。”

“你说得有道理。”亿嫂止住了哭，开始回忆，“难怪我一路上胡思乱想，后来就到了山前！其实那时我就知道了连姨的死讯，牛栏山给我报了信。唉，连姨连姨，我俩比姐妹还亲！”

“这就是云村的好处。在这里，不该忘记的永远不会忘记。”

亿叔递给亿嫂一碗姜汤。

喝了姜汤，亿嫂的气色好多了。

“你不用担心细辛，她慢慢地会成长起来的。”亿叔又说。

门外有响动，不知道是谁站在那里老不进来。

亿嫂过去开门，便看见了连姨的女儿秋。

“秋！快进来。你心里难受吧？”

“不是。亿医生，我想问问您，以后我来帮您打理药草园可以吗？”

“当然可以啊。你家务很多，不怕劳累吗？”

“不怕。这是我最愿意做的，再说也是妈妈的遗愿。我一直想多懂得一些草药的药理，这在生活中很有用。”

“那我就先谢谢你了，秋。”

“应该是我谢您。啊，我妈给我指出了一条出路！”

姑娘离开时，亿叔和亿嫂站在门口，久久地望着她那孤寂的背影。

“她一下子就长大了。她那么爱她妈妈，所以就连带着也爱我了。”

“你听见山里有人说话了吗？”亿叔悄声问。

“听到了，可是听不清。”

“每次云村有人去世，山里就有人说话。现在你又多了一个徒弟了，她们不招自来。这姑娘比灰句强。”

“可灰句也不错。”

亿嫂的偏头痛立刻减轻了。她想，转机说来就来了。

半夜时分，亿嫂又听见山里传来说话声。其中有个声音被她听清了，那是儿子山宝在说：“妈妈，让我陪您睡觉。”她的眼里涌出狂喜的眼泪，她在那些含糊的低语声中幸福地睡着了。

亿嫂的那只芦花鸡发出咕咕的低语。在这美好的月夜里，它好像在渴望什么事。那会是什么事呢？黄鼠狼不再来了，它是带着深深的失望离去的。

而在县城那坍塌的小屋里，医疗站的老站长满脑子狂想。

他看见一只大鸟正飞往云村，那是一只巨型信鸽，腿上系着一封急信。老站长记不起春秀上次来他这里的日子了，好像已经过去五年了？他沉浸在酒里头，许多事都记不清了。可那只信鸽是飞往云村的，他站在自家门口看得清清楚楚。有人在他背后低声说："云村，理想之乡啊。"他猛地一下从藤椅上站起来，摇摇晃晃地走到了屋外。

很多穿白罩衫的小姑娘从四面八方向他跑来。

"是你们吗？我没有看花眼吗？"他大声说。

没人回答他。他的眼前又变得黑黑的，什么都看不见。

然而有一个怯生生的女孩的声音响了起来。

"是我呢，老师！我，我想加入。我叫米益，您还记得我吗？亿医生很快就会来看您了，这两天她忙得不可开交，我就代替她来了。"

米益扶着他进了屋，又为他泡了一杯浓茶。

"谢谢你，米益。我看不见你，可你让我想起当年的春秀。你的手怎么样？也很有力量吗？"

"还行吧。我正在锻炼它们。"

老站长笑了起来，开始喝茶。

"姑娘，谢谢你。你回家休息去吧。我知道你现在的生活很艰辛。"

米益离开了好一会，老站长还在向着墙壁发问：

"是春秀吗？你还好吗？坚持得下来吗？这里有块石头松动了，注意不要踩着了。对，往那边……"他把米益和亿嫂看作了一个人。

他坐在黑暗中，翻过了一座又一座山。

亿嫂醒来后对亿叔说的第一句话是：

“老站长给我捎信来了。那信就放在院门口呢。”

她跑到院门那里，捡起了那根彩色的羽毛。

她沉思了一会儿，对亿叔说：

“我还听见了米益在说话。多么热烈的夜晚啊。”

“老站长衷心祝福你幸福。”亿叔笑盈盈地说。

“你瞧，那不是——”

他俩同时看见了灰句。

灰句在园子里弯着腰扯那些杂草。

“灰句！灰句！来屋里歇歇吧。”亿嫂喊道。

他直起身来，又变得像第一次来这里时那样腼腆了。

“我得干完。有人要来接替我了，对吧？”

“不是接替。你们都来吧，人越多越好。现在村里人口增加了，要干的活会越来越多的。”亿嫂笑眯眯地说。

“是真的吗？”灰句眨着眼说，“我真的还可以回来？您不计较我的背叛？可是我已经变成另外一个人了啊。”

“瞎说。你能变到哪里去？”

“您让我干完吧，只有干活能让我安心。”

“好，好……”亿嫂哽咽着，进屋去了。

“这小孩令人琢磨不透啊。”亿叔说。

“他是心计很深。他一定会成为一名优秀的赤脚医生。”

亿嫂说了这话之后就有点心神恍惚。生活中接连发生的转折太令她激动了。都这么多年了，从来没有人要来接她的班。

好像人们认为她命里注定了就只能孤独下去了似的。幸亏有丈夫支持她。

“我看啊，经历了这次考验后，他已经弄清自己心里的一些想法了。真是浪子回头金不换啊。云村的人脉就体现在这几个小姑娘和小伙子身上……再过十年，这里会是什么景象？”亿叔一边看着窗外那身影一边唠叨着。

“再过十几年，云村的每个人都能做到有尊严地死去！”

亿嫂说完这句话就哈哈大笑。什么是有尊严地死？这个问题一在脑子里出现，她马上想到了陶伯。

陶伯是亿嫂多年的病人，他是云村唯一的在外面走南闯北的商人。陶伯是单身汉，一辈子没结过婚，他很有钱。说他有钱这是以云村的标准来说的，那点钱算不了什么。但云村的人们实在是太贫穷了，所以大家公认陶伯有钱。谁会想到陶伯会在晚年患上绝症呢？陶伯在大城市的医院里确诊了他的病之后，就坚决地放弃了治疗，回到了乡下。他一回到老家就立刻请来工匠，帮他在牛栏山里风景优美的地方盖了一栋三层楼的木屋，装修好，然后搬了进去。小木屋里面空气又好又温暖，自来水是接的山泉。为了不污染环境，他每天夜里就点煤油灯。有一个村里的小伙子，也是他的崇拜者，专门负责他的饮食起居。

生活在山里，与鸟兽花草树木为伴，陶伯每天忙于读书。一转眼就过了五年，他不但没有像医生预料的那样已经去世，反而越活越有精神了。只是亿嫂知道他的病情还在缓慢地进展，不过缓慢得令人吃惊。当然陶伯自己也知道，但他因为这种知情反而特别愉快。

“每天清晨一睁眼，发现自己还不会马上就死，便感到特别振奋！要不是这个病，我的生活怎么可能像现在这样幸福？亿医生，您说是不是？”

“当然啊，因祸得福是生活中经常发生的事。我真为您高兴。”

亿嫂暗想，如果不是因为癌症要吃这些消炎镇痛的药，生活对于陶伯来说就十全十美了。但人怎么能苛求生活？陶伯的确生活得充实又愉快，而且最重要的是，这种生活有尊严。看来有尊严的死是需要金钱的，而且也需要医护人员的帮助。亿嫂回忆她以前的那些病人，他们的死有的有尊严（当然比不上陶伯），但家人的付出是很大的。有的呢，就谈不上尊严了，只能说死得比较惨。他们临终时的绝望的状况至今浮动在亿嫂的脑海里。

在那温暖的小屋里，亿嫂常常与陶伯长谈关于生死的那些事。

“亿医生啊，您是个伟大的人物！我早就想告诉您我对您的这个看法了。您同牛栏山的关系就表明了您的伟大。与您相反，我年轻的时候完全不将我们的母亲山放在眼里，那时的我就像个白痴。直到我患上了绝症，我才看见了我以前看不见的东西。可是那么多年里头，我在干什么呢？”他用力摇头。

“啊，陶伯，觉悟不分迟早嘛。您不觉得现在很美好吗？”

“我正要和您说呢。生活怎么会变得这么美好了？早上我在山路上走，看见黄菊花，我忍不住亲吻这些小花，我感动得哇哇大哭。我从来没有这样哭过。还有您，亿医生，您是天使。您还在山脚下我就听见了您的脚步，我心里就想，这位伟大的女性是被牛栏山选中的，只有她知道那些神奇的药草生长在什么地方，她是唯一的知情者啊。”

“不，陶伯您错了，现在已经有了好几个知情者了。我还没来得及告诉您，有一些青年正在加入我们的事业……”

“亿医生啊，您看见我在流泪吗？”

“您别，别哭……您不能激动。我告辞了，陶伯，再见！”

她跑出了小木屋。当她后来回过头去看时，便看见陶伯在三楼的窗前眺望她的背影。她在心中说：“陶伯，我多么幸运，我同您一道分享了您一生中最大的幸福。牛栏山对待我们是多么公平啊！”当她心里出现这些话时，她就发现自己也在哭。这是幸福的哭泣。

有一只灵巧的小兔在她前面为她引路，它好像担心泪水会蒙住她的眼睛似的。白云低垂下来，大树的枝叶藏到了云朵里。就在这一瞬间，亿嫂看见了云村的那个故事。

经历了山上的那一番激动，亿嫂稍微有点不适。她又一次感到自己上年纪了。可是她的心田里依然像艳阳天。有人拿过她的医药箱，伸手挽住了她。当然，是她的老亿。

亿嫂告诉亿叔说，她到陶伯家去时，看见陶伯正睡在家门口的枣树旁，也不怕泥土弄脏了衣服。她担心陶伯睡在地上着凉，就叫他。陶伯起来了，笑嘻嘻地对她说，他正在感受这座山的热力。“真温暖啊！”他感叹道。陶伯还讲了一件事，就是每天夜里都有各种各样的声音来同他说话。他认为这是牛栏山安排的，因为过不了多久他就要到它里面去了。他觉得自己这几年已经享受了很多甜蜜的时光，太多了！

亿叔入迷地听她说，不住地点头。很快他俩就到家了。

灰句坐在他们家的台阶上呢。

“灰句，你怎么还不回家？”亿嫂说。

“我在这里读了一会儿医学杂志。这里真美，刚才我还看见了大雁。”

“小勺在家等你呢。”亿嫂又说。

“她前天回她家乡去了。”

“你很想念她吧？”

“是啊。我要回去了，再见！”

夫妻俩到园子里看了看，发现灰句的工作做得非常好，那些药草全都显出欢乐的面貌。亿嫂喃喃地说：“他看见了大雁，他在想小勺。可怜的孩子。小勺不喜欢他行医，这个工作太清苦……小勺真是个美丽的姑娘。”

“这位美丽的姑娘将灰句的心撕成了两半。”亿叔耳语般地说。

“并不是每个人都能体会到赤脚医生的幸福。”

亿嫂说这句话时有点责备亿叔的意味。

“哎，年轻人啊……”两人异口同声地说。

第十章

灰句的奇遇

夏天来了。温暖的和风吹着。山区的夏天最美。已经过去多少年了？云村的人们不太知道。很多人都不清楚自己今年已经几岁了，尤其是那些上了年纪的人。云村的人都忙于享受生活，而不是检讨过去的错误。所以，他们不大记得往事。就连亿嫂和亿叔也是这种性情。亿嫂隐约地记得自己已经过了五十岁，到底五十几，她也忘了，她那早年去世的母亲也没有同她说清。然而有一个人是例外，这就是灰句。灰句不但记得自己的年龄，他还记得自己生活中的每一件大事。他是个多思的、犹豫不决的、很容易产生懊悔情绪的小伙子。这些日子灰句在亿嫂的药草园里劳动，闲下来就读那些医学方面的书。可是他至今还没打定主意要不要当赤脚医生。他喜欢草药、中药，也喜欢针灸，还喜欢药房里那股浓烈的香味。但他不喜欢病人，他认为那些生病的人性格都有缺陷，是性格的缺陷导致他们的身体生病。

亿嫂对灰句的性情慢慢熟悉了，她在心里说：“我要任其自然地待他。”这样决定之后，亿嫂就沉静下来了。她要观察这两位年轻人——灰句和米益。

有一天的半夜，亿叔偶然发现灰句坐在药房里，他将所有那些中草药的抽屉全打开了，他还点燃了一束中草药艾灸条。房里弥漫着浓浓的药香，简直有点令人窒息。

“灰句身体不舒服吗？”亿叔在黑暗中轻声说。

“啊，是亿叔！不，我很好。我就是想做一个关于药草的梦，一冲动就跑到这里来了。刚才我睡着了一会儿，可是我没有梦见它们。”

“大概时间还没到吧。时间一到，你会夜夜同它们在一起的。”

“真的吗？您和亿医生都是这样吗？”他急切地问。

“基本上是这样。你想念它们，它们也会想念你。”

“它们不是人，没有思想，怎么能够想念我呢？”

“用不着思想，你爱它们，它们就会知道。”

“我就是爱它们。忍都忍不住。”灰句变得愁眉苦脸了。

他站起来，走到外面，他回家去了。亿叔看见月光下的灰句一下子就变得像小老头了，走起路来仿佛有点瘸腿。

“我知道他和我们不一样，可我还是喜欢他。”

黑暗中亿嫂忽然说话了，却原来她一直站在墙角。

“小伙子真深奥。”亿叔说。

他俩回到卧房时用手电照了照那面挂钟，是凌晨三点钟。北风中传来忧伤的歌声，两个人都听到了。

灰句快走到家时，迎面碰见了死去的麻二叔。灰句心里怦怦直跳。

麻二叔做了个奇怪的手势，就从他身边插过去了。灰句闻到从麻二叔的衣服里透出一股草药味。

“麻二叔，麻二叔，您等等我！”灰句绝望地冲着那白色的背影喊道。

但是麻二叔头也不回。

灰句进屋时，客厅里黑蒙蒙的。

“碰见他了吗，灰句？我是说麻二叔。”母亲的声音响起。

“碰见了。”灰句低声说。

“麻二叔想对你说话又说不出。他大概想报答亿医生对他的恩情。”

“我也觉得是这样。我不适合做医生。”

“那么，你又改主意了？”

“还没有。我先睡觉去，妈妈。”

“睡吧。牛栏山会保佑你。”

灰句脱了衣服又穿上了，因为黄鼠狼在偷他家的鸡。他冲到房外，一把抓起大竹扫帚去打黄鼠狼。那家伙飞快地逃走了。然而他去关鸡笼时，那只老母鸡在他的手背上狠狠地啄了一下，手背流血了。灰句愣在原地。他想，这意味着什么？很显然，老母鸡并不是将他当作黄鼠狼。灰句常给它喂食。难道它怨恨他，认为他多管闲事？

“你在那里琢磨什么呢？没有用的。”母亲站在窗口那里说。

灰句回到卧房，包扎了伤口。卧房里到处是小勺的气味，那年轻芬芳的肉体，他一想到就禁不住战栗。可是小勺不会回来了。妈妈说得对，这类事就是再怎么琢磨也找不到出路的。小勺为什么来的云村，他不清楚。但这女孩同他的确是一拍即合，灰句一开始完全没有料到自己会同她闹翻。

灰句喝了口冷水就上床了。他想入睡，但鸡笼里那些鸡吵闹得厉害，一惊一乍的，好像时刻有黄鼠狼来袭击一样。也许他刚才的确是多管闲事了。

在他即将入睡之际，他看见自己来到了自己的药草园里。有一名肮脏的乞丐坐在药草丛中，腿上的溃疡露在外面。灰句用低沉的声音请他离开，他无动于衷。灰句就去拖他，他猛咬了灰句一口。灰句叫了一声，差点痛晕过去。就在这时他清醒了，却原来是母鸡啄出的伤口在疼。他记得药草园里开满了紫色的小花，那是什么药草？他点亮了煤油灯去查那本草药书，怎么也查不到那种草，弄得他很沮丧。他想，他不是当赤脚医生的料。他刚才看见那生病的乞丐就厌恶，但亿医生从不这样。他这种性情是如何养成的呢？亿医生是不同的材料做成的，他灰句不过是个俗气的乡下人罢了。可是药草，那些美丽的药草让他不能死心。

奇怪的是到早上起床时，他手背上的伤口就已经愈合了，结了痂，痒痒的，用不着包扎了。看来昨夜发生的事并没有那么严重。

吃早饭时，灰句低着头喝稀饭。爹爹在桌子对面看着他。

“灰句，老葱头问我，你能不能帮他扎扎针灸？他的腰疼得厉害。他知道你在学习做赤脚郎中，他说你可以在他身上做实验。”

灰句听了爹爹的话就红了脸。他心里恨老葱头，那老头身上臭烘烘的，他才不愿去帮他扎银针呢。灰句只是在自己身上练习过针灸，其实他不愿意给任何人做针灸治疗，尤其是老葱头这种老头子。

“爹爹，我很愿意。可是我的技术还不行，怕出问题。我还小呢，我还要向亿医生多学些医术，这种事只能慢慢来。”

“慢慢来！”爹爹笑起来，“我是试探一下你。我心里老在纳闷：灰句这小子也能帮人治病？他帮人治病的时候是什么样子？”

“爹爹您不要小瞧人，”灰句生气地说，“我为什么就不能帮人治病？我不是在学习做赤脚郎中吗？村里不是只有我一个人在学吗？难道您也看不起亿医生？您不久前还找她治过牙病呢。”

“啊，灰句，不是这样。亿医生是另一个世界里的人。我只是有点担心你罢了。你好好学习吧，我完全支持你。”

“谢谢爹爹。”

灰句放下碗筷就溜出了家门。他有点怕爹爹，他觉得爹爹那双老眼能看穿他的任何心思。前一阵他放弃学医，改做小生意，同小勺打得火热，爹爹一言不发。后来他同小勺分手，回到亿医生的药草园里劳动，爹爹还是一言不发。现在爹爹又指出了他的弱点，这就是对为别人治病没有兴趣。想到自己今后的前途，灰句的情绪有点灰。

今天他要独自去山里寻找一种名叫“古山龙”的药草。亿医生告诉了他大致的路线。经过村里时，他发现人们看他的目光有点异样，并且那些人都盯着他背上的背篓看。他觉得这些人也像爹爹一样瞧不起他，认为他学不成医生。他抬起头挺起胸，快步朝牛栏山的方向走去。

当他爬到断崖那里时，心里便紧张起来。亿医生告诉他“古山龙”就在这一带。他茫然四顾，觉得这个半山腰的处所一点也不像是“古山龙”生长的环境。这里有些大树，但稀稀拉拉的不成树林。大树下面的土壤很贫瘠，也很干燥，是那种多石的红土，连野草都很少生长。牛栏山里竟有这样一大片地方，这令他很诧异。因为他印象中的牛栏山是土地肥沃的山。

灰句绕着断崖转了好几圈，却没看到“古山龙”的踪影。这是怎么回事？难道他的注意力不够集中？他振作起精神，将自己想象成一匹狼，嗅来嗅去的，甚至沿着断崖攀缘了十多米，然后又小心翼翼地下来了。他坐在地上，想起了亿医生，也想起了爹爹早上对她的评价。他有点灰心，又有点疑神疑鬼的。他想，既然这里没有“古山龙”，为什么他不离开？腿长在自己身上，他不会自己去寻找吗？这个念头仿佛是一道光，射进了他黑蒙蒙的脑海。

他开始离开断崖，继续往上攀登。就在这时候，他看到牛栏山变脸了。它不再是他往日熟悉的山了。不论他朝哪个方向走，到处都是多石的红土，大树下面既没有灌木也没有青草。并且这些树的叶子也极少，有的还成了秃头树，黑黑的树丫让人看了心里发瘆。“啊，啊……”他喘着气说。但是越往上面去，眼前的情景就越凄凉。后来，在快到山顶时，他决定下山回家了。他不再抱希望了。但他不明白：牛栏山怎么成了这种样子？半年前他还上过山，那时它根本不是这种样子啊。他想着心事，不知不觉地下到了半山腰，又到了断崖那里。有人对他说话。

“灰句，你来采药吗？我也是来采药。”

居然是老葱头。

“啊，是您。我上山玩玩……不一定采药。”

“不一定采药？那背着竹篓干吗？这是光明正大的事，用不着害臊嘛。”

灰句的脸上变得红一块白一块的，他想溜掉，但老葱头挡着他的路。

老葱头说着话就往灰句面前凑。灰句惊奇地发现，这老头已经不再是浑身臭烘烘的了。他穿着浅蓝色的衬衫，看上去清清爽爽。他伸出一只手搂住灰句的肩头，亲昵地对他说：

“灰句啊，你今天就同我一块去探宝吧。”

“葱爷爷，我们往哪里走？”灰句迟疑地问。

“这你就不用操心了，随便走就是，哈哈！喏，看那断崖下面，那不是你要找的药草吗？”

灰句欣喜若狂。他跑过去，将那几株“古山龙”挖出来，放进背篓里。

“葱爷爷，是您将它们唤出来的吗？我先前在这里转了又转，怎么就没发现它们？我真无能！”

“其实你早就看见了它们嘛。瞧，那边还有。”他指着大树下。

大树下面是一条土沟，里面的土比较湿润，土里长着更多的“古山龙”，这些药草漂亮极了。灰句的心怦怦地跳起来。

“别都挖光了，剩下一些留种。”老葱头嘱咐道。

灰句挖好了草药，他心里既兴奋又惭愧。

下山时老葱头显得神情恍惚，突然一脚踏空，差点跌倒，幸亏灰句一伸手扶住了他。他喘着气说：

“灰句啊，你去过灵泉吗？”

“灵泉？我从没听说过。在哪里？”

“我也记不清了，年代久远了啊。让我们往这边走吧。”

在灰句没有注意到的情况下，他已经被老葱头带进了密密的、暗无天日的树林。老葱头在前面走，灰句紧跟着他。灰句感到树林里根本就没有路，不知道老葱头是如何辨别方向，又是如何走得通的。这一切对于他是如此的新奇，他都已经忘了关于“灵泉”的事。然而老葱头忽然停下了，口里发出了呻吟。灰句看见一条巨蟒将老葱头缠在枫树的树干上了。

“葱、葱爷爷……葱……”灰句结结巴巴地喊。

“灰句，我出不来气了。你用二齿锄挖它吧……”

灰句疯狂地挥锄挖下去，挖下去，完全不再去想可能有的危险。

“好，好……”老葱头有点懒洋洋地说，仿佛感到很享受似的。

那条蟒蛇松弛下来，缓缓地从落叶上溜走了。它身上已经被挖得稀烂。

“啊，现在好了。葱爷爷，您没事吧？”

“当然没事。灰句同我在一块，怎么会有事？刚才我已经去过灵泉了，真是醉人的美景啊。我有点自私，对不对？”

当老葱头说这些话时，灰句闻到一股清香从他身上散发出来，正像清晨的金银花的香味。老头瘦瘦的、穿着浅蓝色衬衫的身体显得充满了活力。

“葱爷爷，我才是个自私的人呢。不瞒您说，我爹爹叫我去帮您扎针灸，被我拒绝了。因为我压根就对病人不感兴趣。”

老葱头哈哈大笑，他的笑声惊起了几只大鸟，它们噼噼啪啪地飞出了林子。这时灰句发现那条巨蟒一动不动地躺在远处。

“真难为它了……”灰句喃喃地说。

“灰句啊，你真是个好小伙子！”

“可我有时会厌世。”

“那是因为你年轻。你做了赤脚郎中，就不会厌世了。”

在那密密的、昏暗的树林里，灰句忽然听见老葱头向他告别。他眨巴着眼还没来得及看清，老头就不见了。灰句立刻紧张起来。就在这时，他的背篓里的“古山龙”骚动起来，发出沙沙的呼声。灰句心里想，多么活泼的药草啊，它们迫不及待地要到哪里去？这些药草让他镇定下来了。眼前出现了那条路，那么熟悉的小路，他小时候同爹爹走过的……

“灰句很像一名草药郎中了嘛！”爹爹大声说。

爹爹破天荒地在门口迎接他。这是爹爹从未做过的事。

灰句放下背篓，在竹靠椅上躺下，感到浑身舒坦。

爹爹翻看了一下他的药草，又说：

“牛栏山待你不薄嘛。”

“爹爹，我打算今后隔一天就上一次山。”

“是吗？”爹爹盯了他一眼，“你可要量力而行啊。”

“可我一点都不觉得累。我想锻炼意志。”

“锻炼意志？你真这样打算？这很可怕！”

灰句不敢望爹爹，他也听不懂爹爹的话。他不过随口说了一句要锻炼意志，爹爹为什么就这样大惊小怪起来？难道山里有豺狼虎豹吗？他长这么大还没听说过呢。

晚上，灰句闷闷地躺在床上回忆和老葱头的这次遇险。那是一条真正的蛇吗？当然是啊。可是当他最后一眼看见它时，它身上的伤口似乎已经好了。这是什么样的自愈能力？不知为什么，他想来想去的，老觉得老头与那条蛇有某种默契。灰句羡慕老葱头，因为他像神仙一样，可以在那昏暗的密林里走来走去。难怪爹爹要他去为老葱头做针灸，也许爹爹其实是要他向他学艺？

第二天，灰句又去了一次牛栏山。他毫不费力地就采到了许多“骨牌草”。这种鬼气森森的药草可以治疗肺结核。灰句将自己这一次的顺利归结为他喜欢这种药草的外形。他感到这种药草的叶片上的神秘的小点子特别吸引他，也许它们就是云村和牛栏山的历史记录？这种记录居然可以治病，多么贴切的比喻啊！

“灰句，你真了不起，这么快就入门了。”亿嫂赞赏地说。

“可我觉得自己做不了医生呢。”

“这——没关系，你慢慢适应吧。大部分医生都不是天生的。”

“谢谢您，亿医生。我觉得我同您的差距太大了。”

“不要拿我做标杆，我也是边干边像的那一类。而且直到今天，我还觉得自己差劲。你尽力了就好。你这么喜欢药草，这是一个有力的推动。当年我并不喜欢做赤脚医生，但我对新生儿的出生感到好奇。结果一干就干下来了，这辈子也不打算改变了。”

灰句在园子里一边劳动一边暗想，这园子里的药草和山上那些，它们都是因为爱病人而生长的吗？为什么他爱这些草却不爱病人？他又想到同老葱头在一起的情景，他觉得自己对他已产生了很大的兴趣，但那并不是爱，至少不是像亿医生对病人的那种爱。当时他的确是出于恐惧的本能去挖那条蛇，他的恐惧里头是不是还有些别的因素？他不知道，他文化不高，想不清这么复杂的问题。亿医生要他慢慢适应这门职业，她对他寄予了希望吗？上一次他不辞而别，她不是没有来找他吗？现在他隐隐地感到自己有种冲动，这就是去帮老葱头做针灸，看看这老头的身体是一种什么样的谜。他说他有腰腿痛的毛病，可他被蛇缠住的那会儿好像并不感到痛。

这时亿叔从地里回来了。亿叔对灰句说：

“你的葱爷爷要出远门了。他让我转告你，说一时半刻回不来。”

“他老人家为什么要转告我？”

“我也不知道。他可能将你看作他的孙子了吧。这位葱爷爷，对于药草的知识比亿医生还懂得多！亿医生当年就是向他学习的。”

“我的天！云村真是个藏龙卧虎的地方啊。”

灰句劳动完毕后低着头往家走。走到半路，忽然听见小勺在说话。

“有些事，看上去好，其实并不见得好。”

他抬起头，看了看四周，没有看到一个人。

他想，这是小勺在远方向他说话。那么，好还是不好呢？这只有每个人自己知道了。小勺离开没多久，但关于她的记忆已经变得淡淡的了。灰句很惊讶：难道他自己是冷血动物？确实，现在只有药草能令他激动了。上了两次山，他明白了自己还是牛栏山的儿子。在山上，那种沉默中的激情才是他最想要的。所以现在，他将葱爷爷看得比小勺还要重要了。白天夜里，他总在不由自主地回忆那一次的历险，像中了魔一样。葱爷爷告诉他自己要出远门，是不是将牛栏山留给他这个新手去独自对付？

他坐在黑黑的卧房里想葱爷爷对他的暗示。

“灰句，你怎么不开灯？”爹爹站在门边说。

“我想清理自己的思想。”

“那么，有头绪了吗？”

“没有。尤其是关于那条蛇。它是葱爷爷召来的吗？”

“很可能吧。葱爷爷什么都懂。”

爹爹到堂屋里去了。灰句感到身上一阵阵发冷。他还有一件事想不通，这就是葱爷爷平时是一个肮脏的老鳏夫，身上很臭，为什么一到山上就变成另外一个人了？难道他平时总在伪装？可在他的记忆中，这老头从不伪装，也不说假话。本来他想去他家里验证一下，可他又出远门了。

灰句看见有个影子在窗前晃，就朝那里走过去。

“原来是你，小勺！”他激动地说，“快进来。”

“我不进来了。你想我吗？”

“你竟问这种话，我怎么会不想你？！”

“可这是没有用的，对吧？我走了，再见！”

“再见。”灰句张了张嘴，无声地说。奇怪的是小勺一离开，他就不那么想她了。他想的是葱爷爷。多年以后，当他自己变老了时，会不会变得像葱爷爷？要是那样该有多好啊。葱爷爷在没有路的密林中也可以随随便便地走来走去，像在家里一样。那条巨蟒大概同他是有约定的。那么，他所看到的会不会是一场戏？一场“假戏真做”类型的戏？灰句至今记得自己当时的绝望感，他挥起的二齿锄差点挖到了自己的脚上。那一刻，他感到要完蛋的不是老头，却是自己——那巨蟒太可怕了。那是真真切切的感觉。

又有一个人出现在窗前，但不是小勺，是一位老年女人。

“您找谁？”灰句问。

“你这一上山，把那些陈年旧事全带出来了。我是你的二舅妈。”

“二舅妈！他们说您走失了……都好些年了！”

“其实哪里会走失呢，我不过喜欢在山里玩罢了。”女人嘻嘻地笑起来。

“我也喜欢在山里玩。二舅妈，我们会在山里见面吗？”他热切地说。

“这取决于你嘛。灰句，你将来会不会成为老山民？”

“您是指像您和葱爷爷这样的？我做梦都想！”

“我听葱爷爷说你要成为赤脚郎中了，我们后会有期。”

二舅妈说完这话就从窗前消失了。过了一会儿，灰句就看见那条路上有一点光一闪一闪的。莫非是二舅妈照明的火把？灰句想，原来她进了山，这可是个令大家欣慰的好消息啊。他希望自己在山上碰见她，可又有点害怕，因为拿不准她是不是个真人。也许她成了山神呢。他以前听老人们说过，云村的少女们都非常野性，如果对自己的生活不满意，她们就失踪。可像二舅妈这样失踪了又回来的，好像还是第一个？

“灰句，你还不睡啊？你同谁说话？”爹爹的声音响起。

“同二舅妈说话。”

“好，多和她说。她在山里有点寂寞。”

“原来爹爹知道她在山里啊。”

“我一直就知道。现在好了，你学了赤脚郎中，可以常去山里……”

爹爹的声音变得很细，好像走远了一样。他在哪里说话呢？

灰句终于睁不开眼了。他胡乱倒在床上睡着了。黎明前，二舅妈不放过他，老是和他说话。

令亿嫂难忘的一些事

在这山清水秀的云村，为什么生病的人并不比城里的少呢？亿嫂多次思考过这个问题。实际上，云村的村民都很爱清洁，也从来不吃有毒的蘑菇，他们的生活虽清贫，却并不乏味，每个人都有自己的爱好和追求。然而病魔并不放过他们，其中又以慢性病为多。云村的人们都很乐观，如果没有剧痛，他们就不将自己的慢性病当病。

亿嫂是慢慢地悟到云村人的病痛的根源的。一部分人是由于生活的艰辛，没有时间和条件来维护自己的身体，长期的忽视成了患上慢性病的原因。但大部分的病人的生活并不那么艰辛，他们患病是因为某种渴求。他们往往要求自己所从事的工作一定要达到某种境界。那种境界是共同的，他们解释不清，但只要一提起，每个人都能心领神会。于是交流中产生的心领神会又更加刺激了每个人，令他们对于自己的苛求加倍了。不论是种地也好，磨豆腐也好，理发也好，盖房也好，云村人对自己的要求都特别严格，甚至到了废寝忘食的地步。就因为这种性情，他们的身体于无形中受到了损害，落下了一些慢性病。只是到了老年，大部分人才觉悟过来，开始维护身体。有的人身体有了好转；有的人慢性病的症状渐渐减轻；还有一些人，则已到了回天乏术的程度，于是只得改变看待疾病的方式，与疾病和睦相处了。后面这种人实际上占了云村的老年病人中的多数。在亿嫂的眼中，这种老人都有点古代的圣人的风度。她与他们打交道，给他们送去缓解病痛的中草药，也同他们每一位进行那种愉快的、有启发的聊天。麻二叔啦，圆有西大妈啦，陶伯啦，等等，都是这种有圣人风度的人。同他们谈过话之后，亿嫂便觉得自己很幸运，也为自己能生活在这样一个充满智慧的人群中感到振奋。从前她常自问：他们是怎样看待那件事的？后来她便找出了答案：他们在一生中牢记那件事，决不允许自己忘记，每天的生活都以那件事为前提，于是渐渐地就看清了那件事。正是通过与这些老年病人的交往，亿嫂在刚刚进入中年时就也看见了属于自己的模式。从那以后，她心中所有的疑问都释然了。她想，得益于这些人的经验，自己可能不会患上重病。不患绝症，而又可以体验到那件事的境界，这真是上天对于她的垂青！

在梨花盛开的树下，陶伯躺在藤椅上，亿嫂坐在他旁边。

“上个星期的有一天，我感觉到它已经来了。当时我喝完茶，拿起那本《古埃及文明》来读。我读了几行后，眼睛就变花了。有人在屋后‘陶伯，陶伯’地叫，那声音很熟。我想，是不是它？它的声音这么熟，倒是我没料到的。现在我已经享受够我的人生了，所以它来叫我了。这样一想，我的心里就轻松了。可这时有人扯我，我又惊醒了，发现屋里只有我一个人，桌子上是那本书。于是我拿起书继续往下读。看来那件事是会十分轻松的，您说是吗？”

“肯定会是这样，陶伯，因为您已经演习过了嘛。对于您，我一点都不担心，牛栏山会帮助您。我只盼望您每一天都在愉快中度过。陶伯，我问您，您认为我们云村的文明是那种有出路的文明吗？”

“当然有出路。我们云村的人们正在寻找，他们会找到出路。”

两人都沉默了。后来陶伯同亿嫂约定，两人在未来的隔离的时光里要在这棵梨树下会面，继续谈论深奥的、令人愉快的话题。

同陶伯的谈话是亿嫂最盼望的，亿嫂愿自己将来也能修炼成陶伯这个样子。她又想到陶伯的绝症，她觉得从整体来看这病对他来说并不是惩罚，甚至可以说是对他努力生活的奖赏。在山上的这十来年，他是多么自满自足，多么感恩啊！他还没有融入大山里头，大山就已经渗透了他的肉体和灵魂。有这样饱满的生活，人生还有何求？

“屋里的，你告诉过我陶伯要将他的小木屋在他过世后赠送给我们？”

“是啊。但我们可能没有福气消受，因为住到山上不方便。尤其上了年纪后，会需要人照顾，我们没有经济实力。”亿嫂说。

“嗯，我们没有钱。不过住在村里也挺好的。”

“在这里，有很多人会挂念我们。我有种预感，这就是我们俩的生活，这么安稳，又很会照顾自己，我们多半会无疾而终。”

亿嫂脸上挂着微笑，遐想着老年的生活。在云村就是在家里，他们应该会一切顺利的。云村的人和事物是不会丢失的，不是连灰句的二舅妈都回来了吗？到了夜里，山里面是多么热闹啊，陶伯有福了。

“啊……啊！”亿嫂呻吟道。

“怎么了？屋里的怎么了？”亿叔跑过来问她。

“我在自己身上试验针灸，我怕茅奶奶受不了。”

“有把握了吗？”亿叔的声音颤抖着。

“有把握了。”

银针抽出后，亿嫂感到欢乐，为茅奶奶，也为医疗方案的成功。

“你还不如往我身上扎呢。”亿叔埋怨道。

“可是我担心你表达不清那些感觉啊。你也不如我敏感嘛。”

“这倒也是。”

外面起风了。起风时，他们总听到很多人往山里走，有人还唱着歌。他俩都知道那些人不是真人，可也同真人差不多吧。亿嫂又一次在心里将牛栏山称为“欢乐之乡”。

“这里的人百年以后没有人会觉得寂寞的。”

“我们也一样。你的接班人的问题不是已经解决了吗？”

“真奇怪，我一点也不为这事忧虑，就像胸有成竹似的。”

“因为你对云村有信心嘛。”

夫妻俩相拥着走到窗前时，那支队伍已从地面上消失了。周围变得十分寂静，只有新孵的小鸡发出细细的叫声。

圆有西大妈只要一舒服，立刻就在藤椅上坐得笔直。最近发作的次数多了一些，间歇期也短了一些。不过她还是抓紧这美好的间歇期享受生活。她想，只要自己不放弃抵抗，疼痛就变得可以忍受了。每一个疼痛后面都跟随着缓解，这种事本身也值得感到欣慰啊。她手头有一个笔记本，间歇期一到来，她便立刻往那本子上记事。这种时候，她的思维变得极其活跃，思路也分外清晰。她是一家之主，她要在去世前让这只小船驶进安全的港湾。

“侄女啊，我又挺过来了。我是不是不会死了？哈哈。”

“有可能。”亿嫂说，“任何情况都可能发生。”

“可我并没打算永生。只是我每一次挺过来都分外高兴，好像做生意赚了钱一样。人生太奇妙了，是不是？你瞧，我又可以在这里同你聊天了，我舒服极了。再说你还给我带来了止痛药。”

她俩手拉手，四目相对。

“您的确精神不错。”亿嫂一个字一个字地说。

“我昨天夜里笑醒了，因为我听见它又许诺了我一些日子，我是说牛栏山。当然，我知道每一天不全是快乐，但一天里总有那么一段时间是好的。日常生活不也是这样吗？”

“您是一位英雄。”

“这不算什么。云村人大都和我一样，再说哭哭啼啼也不符合我们的性情嘛。我坐在这里记家事，一边想着我侄女快来了，居然有种过节的感觉。哈，你把节日带来了！”

这时二媳妇从窗口那里伸进她的头，大声说：

“妈妈，我害怕！”

“别怕，乖孩子，一切都会好好的。”圆大妈满脸慈祥。

她转向亿嫂说：

“如果我这回没死成，我就要包一回粽子给你吃。我要老二去县城买糯米去了。刚才我还梦见包粽子呢。”

她伸出手臂让亿嫂扶她站起来。她站起来之后，就开始一步一挪地往院子里走。二媳妇细辛蒙上自己的眼睛不敢看。

亿嫂扶着她，心中同她一样充满了喜悦。她俩走到那张长木椅那里，然后一块坐下了。

“我快要乐疯了。”圆大妈小声说。

“我也是。”亿嫂说完就感到自己一直在发抖。

两人同时看见院门外走过一队人，那些人都面有喜色。

“是秦爷。八十五岁，也算高寿了。这些都是亲属，送他进山。”细辛说。

“他从前是一位老练的渔夫，享受过那么多的好日子……”

圆大妈说这话时就进入了某种遐想，脸色也变得苍白。

亿嫂向细辛做了个手势，她俩将圆大妈轻轻抱起，放到屋里的床上去。圆有西大妈变得多么轻了啊。

亿嫂将药交给细辛，轻声嘱咐着服用的方法。她感到这年轻女人锐利地看了自己一眼。亿嫂纳闷地想，她是什么意思？她感到了她的敌意。她心里很沮丧，人心不可测啊。

“我明天再来。”

“如果她死了，您还来不来？”她尖刻地说。

“当然来。这是你妈妈的意思。不过也许不会来得这么经常了。”

“这、这……您为什么要来？您也可以不来的。”

“不可以不来，因为你也是我的亲人啊。”

“啊，原来是这样。亿医生，我害怕。”

“怕什么呢？怕看见死人吗？”

“嗯。我还怕死。我夜里都不敢睡着了，我觉得我一定有心脏病。”

“这里谁是医生？”

“是您。您觉得我说得对吗？”

“不，你错了。这里的人都爱你，比如我。”

“我的心跳个不停。您爱我，我要好好想一想这事。您明天来吗？”

“我一定来。”

亿嫂走出了好远之后回头一看，看见细辛还站在那里看她。啊，这位二媳妇，她嫁到云村来这么多年了，她的想法还同云村人大相径庭。亿嫂不寒而栗，她是如此地为这位女子担忧。她真想冲着她大喊：

“死并不那么可怕，孩子！你想错了！”

走在田间，温暖的南风吹着，亿嫂想起了一件事。那时她八岁，母亲还在。她睡在里面屋里，外面有几个大人坐着，在谈话。他们大概以为她睡着了，因为夜已深。

“她的病还治得好吗？”邻居问。

“治不好了，任其自然吧。”亿嫂的母亲叹了一口气。

亿嫂在里面房里大哭起来。

母亲冲进里屋，紧紧地搂住她，那么紧，好像要将她重新塞回她的子宫里面去一样。“不会有事的，不会有事的……”她反复对亿嫂念叨着，还往她口里放了一块冰糖。吃着冰糖，亿嫂才觉得自己不会死了。

回忆起这件久远的往事，亿嫂觉得自己能够理解二媳妇的恐惧了。她不是本地人，她考虑的死亡模式当然就和本地人不一样。她今后一定要多同这位年轻女人接触，帮她一把。

“亿医生，您去县城？是去买药吗？”

“不，我是去看望我的老师。”她回答了这句话就想哭。

她终于又来了。她一直抽不出时间来这里。

医疗站长呆呆地望着她，好像不认识她了一样。

“站长，您是我的主心骨。您……”她说不下去了。

“你以前是这里的常客。可现在，你一来我就想不起你的名字了。不过这无关紧要。你遇到了阻力，对吗？”他凑近她说。

“我是小亿，是您最喜欢的学生啊。云村有人受到了死神的威胁，她适应不了，生活在地狱中。”

“哈，你说起这个，我就想起来了。你是小亿，我将未来的希望寄托在你身上。有人找你诉苦了吗？我觉得这人爱你。”

“可是我感到她不爱我，她害怕。”

“可那就是爱。你是她的希望，就像你也是我的希望。”

“老师，夜里有人来看您吗？”

“有的，还不少。这减轻了我的寂寞。你明白了吗，小亿？”

“老师，我明白了。我得让她知道我真心爱她。”

站长拍了一下手，高兴地说：

“好，小亿真不愧为云村的女儿！那边山上不断有人下来，到这里同我说话。那件事快来了。”

“您多么镇静啊！”

“谈不上镇静，我已经同他们混得很熟了。你听——”

亿嫂什么都听不到，可是她闻到了淡淡的来苏水的味道。

“难道他们当中有医生？”她问。

“当然有。这并不是凑巧。”

站长指着桌上的一个盒子，说是送给亿嫂的礼物。

亿嫂小心地打开盒子，看见一大捧干野玫瑰花瓣。

“这是我从前在牛栏山为你采的野玫瑰，那时我没有勇气送给你。那时我是受人尊敬的医生……现在无所谓了，反正他们快要来叫我去了。小亿，我为你感到骄傲。”

站长挥手让亿嫂离开。

坐在车上，泪眼蒙眬的亿嫂打开盒子，用力闻了几下。她想，当老师采摘它们时，它们该多么欢乐啊！这一份爱延续了多久了？还会在山里头永远延续下去吗？却原来老师什么都知道！那个时候，她以为没人知道呢。唉，青春多么美！她预感到老师马上要走了，可为什么悲伤？不，也许不是悲伤，只是舍不得他走……

天黑了她才回到了云村。有人在小路上打着手电过来了，是那位照顾陶伯的青年。

“他怎么样？”

“可能时辰快到了，不是今天夜里就是明天。”

“我把东西放在家里，然后同我丈夫上山去。我要去陪他度过最后的时光。谢谢你。”

“也谢谢您，亿医生。您是陶伯最喜欢的人。”

回到家中，吃过晚饭，夫妻俩就匆匆地往山上去。

他们快到陶伯的木屋时就看见了那盏灯。夜鸟在林子里扑腾作响，松鼠从小路上跑过，山显得有点躁动。亿叔和亿嫂脑子里同时冒出这个问题：这是那个时辰即将到来的前兆吗？他们推开门，一股清新的花香飘出。啊，这里的氛围一点都不萎靡！陶伯真是好样的！

他半躺在床上，桌子上的宽口玻璃瓶里插满了野花。

亿嫂握着他的手，感觉到他的呼吸变得急促了。

“我……一点都不疼。”他对他们俩说，“那边有很多熟悉的人在叫我……真好，你们也来了。”

“我们要送您最后一程。”亿嫂凑在他耳边小声说。

“有什么小东西进来了。”

“是您的鸟儿，它也来送您了。您真有福气。”亿叔在旁边说。

“我看见他们了，正走过断崖。我要睡着了。二位晚安……”

他真的睡着了。亿嫂用毛巾替他抹去了额头上的冷汗。亿叔则拿出带来的新睡衣和新布鞋替他换上。

陶伯的表情确实显得很安静，完全看不到痛苦。房子外面，各种鸟兽的叫声响起，仿佛是节日到来了一般。

门开了，那位青年走进来，后面跟着几个人。青年介绍说，他们都是陶伯的朋友，来看他的。他们看了他最后一眼，大家约定明天下午来送陶伯进山。其中一位老者赞赏地说：“走得多么愉快，清清爽爽的。”

下山回家时，亿嫂感到清朗的夜空变得无比的开阔了。四处静悄悄的，只有一些小虫子发出细微的响声。亿嫂对亿叔说：

“这是多么有尊严的死啊！”

“再也没有比这更动人的了。”亿叔附和道。

在药草园的旁边，夫妻俩同时看见了黄鼠狼。它躺在地上，已经死了。在它旁边，是那只芦花鸡，也死了，被咬断了脖子。黄鼠狼身上并没有伤口，怎么也死了呢?

他俩到屋里拿来木盆，将两个小动物放在一起，打算明天来埋葬。

“我们要齐心协力。”亿叔说。

亿嫂看着丈夫，她的心因为强烈的怜爱而颤抖了。

她不指望自己死的时候有陶伯这么好的运气。可那一天还早着呢，她决心镇定等待。工作繁重，她没有时间伤感。

米益渐入佳境

米益刻苦地自学中医和西医，并且她已经随同亿嫂去接过两次生了。她的表现很出色，既不晕血也不手忙脚乱。亿嫂对这位年轻助手的素质和能力暗暗感到吃惊，觉得她比自己年轻时强多了。

“什么感觉？”亿嫂问她。

“就像自己被生出来了一样。”她想了想说。

“妙极了的比喻！”

走在路上，米益心中有千言万语要对亿嫂说，可她说不出来。她脑海中的印象定格在亿嫂接生时那坚毅的脸庞上，只要一回想当时的情形就激动不已。她嘴里喃喃地念着：“云村……”

亿嫂听清了，扑哧一笑，说：

“赤脚医生不会是云村的特产，在广大的乡村的每一个地方，都曾活跃着他们的身影。这是我听老站长说的。虽然现在很多地方富裕起来了，人们都到城里去看病了，但这种古老的职业并没消失。”

走到路口，她们要分手了。米益心里对老师是如此的依依不舍。

“亿老师，您认为荒山种植的计划可行吗？”

“当然可行。不过这种工作需要百折不挠的决心。”

米益走得很快，她今天太兴奋了，小娃娃生出来时她的心跳得像打鼓一样。多么刺激又紧张的场面啊！她走进表姐的家，感到自己连话都说不出来了。表姐叫她喝茶，她默默地喝着。

“我今天看见了很多东西。”米益说，“从产妇身上，我看见了云村的历史。我以前从不关心这些。我们很紧张，可是我们一点都不乱，我对自己的表现暗暗感到吃惊。这大概是受了亿老师的感染。我觉得她比我的母亲还要亲近，我可以追随她到天涯海角……那位产妇真美。”

“我一直觉得你和亿医生很相像。”表姐微笑着说。

“不，你说得不对。没有人像她。比如现在，我闭上眼想她，可是我不知道要如何形容老师的形象，我太粗糙了。”米益闭上了双眼。

“我也爱她，是离得远远的那种爱。”

“我现在真正感到幸福了。”

她俩站起来，走到外面，绕着水塘边的小路散步。塘里的蛤蟆开始了大合唱，到处弥漫着生殖的气息。

“都说我们云村的人脉很旺盛。”表姐自豪地说。

“我真真切切地在产房里看见了历史。”

“明天我就要回家了。我舍不得亿老师，也舍不得米兰。唉，唉。”米益又说。

“反正你还可以再来嘛。你看见山上的那些灯了吗？是陶爷爷的朋友挂的。他来晚了，没见到陶爷爷，他是陶爷爷生意上的朋友，和陶爷爷同年生。他睡在木屋里，在树林里挂上这些灯，他认为半夜时分他顺着这些灯走过去就会同老朋友相遇。”表姐说。

“那不像是一般的灯，多么亮啊！很可能，这些灯会到我们的梦中来。我小时候掉进过一次水塘，当时看见的就是这样的灯。啊，真是感动啊！友谊真伟大。云村真伟大。”

“荒村也一样。我想，当你学成了赤脚医生，当你的药草山的种植成功了时，你就会发现荒村那些秘密的伟大之处。”

“谢谢你，表姐。这条路不正是你给我指出来的吗？”

第二天，米益背着行李包兴冲冲地去坐长途汽车。

邻座的女孩比她年轻一点，脸上红扑扑的。这位姑娘告诉米益说，她是去蓝山，蓝山脚下有一个诊所，诊所里的老医生生了病，随时有可能去世，她要去学习他的医术。米益问她是从哪里得到的消息，她说是从一本医学杂志上看到的。米益说出她从亿嫂那里借的医学杂志的名称，那位姑娘就兴奋地说正是它，信息就登在最新的一期上。

“我把行李全带上了，准备做长期打算。说不定就留在那边了。出发时我妈哭得像泪人儿一样，她担心我。我说这又不是去送死。”

“那么您，如何看待医生这个职业？”米益问。

“不清楚。只是听说很艰苦。我想过一种艰苦的生活。”

女孩的样子很倔强，目光也很坚定。米益暗想，她一点都不像灰句了，她倒有几分像亿嫂！

米益要下车了，女孩还要坐好几个站，她说天黑才能赶到蓝山，到达之后她还得摸黑去寻找那个诊所。不过她相信会有好心人来帮她的。

“我的心已经飞到了蓝山脚下！”她说。

“您真勇敢啊！您是个了不起的姑娘！”

米益下车后还沉浸在同女孩相遇的热烈情绪中。在广阔的荒野里，地平线的尽头，她看见许许多多的小人正在朝她走过来。这些人是不是全都来自某个传说中的诊所？她的老师从前求医的地方是不是传说中的那个诊所的分支机构？

米益小的时候家境比较好，她养了一只宠物白兔。有一天夜里，白兔遭到了野猫的袭击。小米益惊醒过来，将那只体形很大的野猫堵在了走廊里。野猫发狂了，在小米益的腿上咬了一口。小米益也发狂了，一边喊叫一边死命地踢野猫。后来是米益的妈妈过来用扁担打走了野猫。白兔死了，小米益的腿伤过了一个多月才好。当时妈妈对她说：

“你真勇敢啊！你是个了不起的小姑娘！”

走在回家的路上，米益回忆起这件血淋淋的惨案和当时自己的种种感觉，一下子明白过来：她是命中注定了选择今天的职业的。

罗汉牵着米兰站在大路尽头，米兰看上去有点消瘦。

米益抱着米兰，转过脸去暗暗流泪。

“米益，好运来了。有三位青年愿意作为志愿者来帮你的忙，其中一位学习过园林栽培。”罗汉说。

“罗汉罗汉，我欠你的太多了。”米益的声音哽咽着。

“不要这样说。这也是我的人生的意义嘛。”

他们经过小山包时，听见那里面比往日嘈杂喧闹了许多。

坐在饭桌前，米益才感到自己的魂魄回家了。

在黑暗中，她告诉罗汉关于车上邂逅的那位姑娘的事。

“这个时候她正孤身一人在山脚下赶夜路。她的字典里没有害怕这两个字。她是哪种类型的，我说不出那是什么类型。这种事不会是偶然的。你感觉到了吗，罗汉？”

“我感觉到了。真想去见见那位老医生啊。你刚才谈起这事，我就感到了一些事。我注意到，我们这些住在乡下的人总有机会遇见某种类型的人，我也说不出那是什么类型，不过你一提起我立刻就知道了。亿医生也是属于那种类型。现在你，米益，也正在变得像这些人。也许不止一个诊所，也许全国有许许多多这样的诊所，它们隐藏在各式各样的山脚下。”

“罗汉，你真好。晚安。”米益突然进入了梦乡。

她的梦乡很平淡。灰色的天空下，她风尘仆仆地行走。

米益再次见到灰句时，灰句的形象已经完全改变了。他的肩膀变宽了，额头上有一条细细的皱纹。米益觉得他的手掌都变得很大了，骨节开始突出。“这个人正在定型。”米益暗想道。

当时他在药草园里劳动，他的熟练的动作里面有一股激情，仿佛那些草是他的爱人一般，米益完全看呆了。

“米益来了。”他直起腰来说，“米益需要我帮忙吗？我可以使你的小山包充满芳香！”

“当然需要。我需要你这样的技术指导。我是个外行。”

“这种活儿不会有外行的，米益。你只要干起来，一切都会无师自通。亿老师就是这样说的。”灰句容光焕发地说。

“灰句，我觉得你的样子完全改变了。”米益欣赏地看着他说。

“米益，我想问你一个问题，你也可以不回答。我的问题是：一种真正的爱，比如像你和罗汉之间的爱，也是可以改变的吗？”

“我愿意回答你。我觉得，世上所有的事都可以改变。说到爱，如果是真爱，要改变起来也许不那么容易吧。灰句，为什么你为了事业就一定要同小勺分手呢？多么遗憾！”

“是她自己要分手，她不能容忍我学医。”

“对不起，我不应该问你这件事。再见，灰句。”

这件事对米益的震动很大。她想到赤脚医生在这世上的数量之少；想到他们时常处于孤立无援的境地之中的生活；还有他们所面临的无穷无尽的挑战……灰句如今是坚持下来了，但他能坚持到底吗？如果他因此牺牲了爱，那代价是不是太大了？米益见过小勺，那姑娘是热烈的美人蕉，她能改变灰句的性情。那么灰句的性情究竟需不需要改变？米益深感人生中有一些难解之谜，不过她不是那种犹豫不决的人，她心底有一种模糊的召唤在给她指路。

她的小山包已经种上了药草，目前这些药草的长势还不错。她和罗汉在夜里常去山里，他俩注意到山里的那些声音已经消失了，变得静悄悄的。这是怎么回事？

有一次，他们遇见了老杨。老杨正坐在石头上抽烟。

“杨伯，您多来山里走走吧，我觉得小山包生气了。”米益说。

“啊，米益，它是在等待，在细细体会呢。”老杨高兴地说。

“真的吗？哈，我心里的一块石头落了地！”

“我刚才对它说，你可找到家了，他俩会将你变成一个家！”

他俩邀请杨伯同他们一起上山去看药草。

那天夜里月光很亮。杨伯一出现在药草丛中，地底下就闹腾起来了。模糊的人声和兽叫声交杂着，仿佛都在说：“久违了！久违了啊……”

米益一动不动地站在那里，听得如醉如痴，几乎忘记了罗汉和杨伯的存在。她努力地回忆着一件事，心里有紧迫感。但无论她怎么努力，那件事始终回忆不起来。这时杨伯过来了，杨伯的白胡子飘动着，使得他在月光中看上去像仙人一样。米益失神地对杨伯说：

“杨伯，它还没有承认我们，我们做错了事吗？”

“米益，你们做得好极了！但你们所做的是一种创新，它正在试图加入你们的劳动，它迫不及待了。刚才我已经听到了它的诉说。”

杨伯笑起来，和蔼地拍了拍米益的肩头。

米益长长地叹了一口气。她感到全身的毛孔都张开了，喜悦像小鸟儿一样在胸膛里扑动着。

“您瞧，这是板蓝根，这是，这是……啊，我太爱这些小草了。在我眼里，没有比它们更美的了！杨伯，您来加入我们的劳动吧……”

“米益，我正是这样想的！米益是有雄才大略的姑娘！它一直在这里等，终于等到了米益和罗汉，这不是它的幸运吗？”

罗汉气喘吁吁地过来了，他说：

“杨伯，刚才有人拖我的脚，就在那片麦冬的旁边。这是怎么回事？难道它要向我传达什么信息？”

“它已经向你传达了它的爱。它爱上你了，拖脚是它的老习惯。”

“原来是这样。您能告诉它我们也深深地爱它吗？”

“它已经知道了。就在刚才，它从吃惊中清醒过来了。”

他们仨闻着那醉人的药草的香气，不知不觉地做起了深呼吸。可是米益很快就不安了，她担心家中的米兰会醒来。啊，那不是米兰吗？在那边那块栽着穿心莲的地里，米兰小小的身影飘动着。

“米兰……”米益用颤抖的声音喊道。

“不要担心。”杨伯笑眯眯地说，“是我让地下的小朋友们将你们的儿子带过来的。瞧他多么开心！”

“地下的小朋友？”

“就是那些猫头鹰嘛。你们的儿子真勇敢。”

罗汉已将米兰抱了起来。米兰靠在罗汉的肩头又睡着了。

“米兰……他以为在做梦。多么好，谢谢您，杨伯。我问您一个问题好吗？您在此地守望了多少年了？”米益说。

“可能有三十多年了吧。谈不上守望，因为我没有创造什么。现在你们来了，这才有了真正的守望。米益，你听，那么多赞叹的声音。”

米益听见有很多人在打哈欠，那哈欠打得很痛快。小山包要沉睡了。

他们回到家里，推开那扇门时，黑暗中有一个声音说：

“今夜那边有狂欢。”

米益想，这个声音有点像老站长的声音。莫非老站长对她的活动了如指掌？此刻她感到这是很可能的事。

将米兰安顿好之后，夫妻俩有了一回令他们心醉神迷的交合。高潮到来时，两人都听到了小山包发出的低语。

米益沉入梦乡之前对自己说：“他还活着，他答应过我的。”

白芷姑娘加入这桩事业

米益在长途汽车上遇见的那位姑娘名叫白芷。那一天白芷一边走一边问路，天黑时分她才来到了蓝山脚下。蓝山很高，在夜空里显得黑黝黝的，从山里吹出的风有点阴森。她端详着面前这座威严的山，心里一下失去了主意——没人能告诉她诊所在什么地方，更没人能告诉她关于林宝光医生的任何信息。但白芷并没完全惊惶失措，她迅速地判断了一下眼前的情况，决定就地休息，等明天再去村里打听。

靠近山边有枫树林，林中有枯叶。白芷将那些枯叶扒拢，坐在当中，拿出干粮和水壶来慢慢消受。不知过了多久，当她吃完了干粮，感到很惬意时，瞌睡袭来，她就倒下去进入了梦乡。

在她半睡半醒之际，旁边有一个人隔一阵又问她一句同样的话：

“你是来找林宝光医生的吗？你找他是出于什么目的？”

白芷慷慨激昂地回答了那个人的问题。她感到自己一下子变得能言善辩了，但她完全听不见自己口里说出的那些词和句子。她就这样充满激情地、有点神秘地阐述了自己来到蓝山拜师的动机。

“请问您是谁？”她将脸转向那个看不见的人问道。

“哈哈，你还没猜出来吗？你想想看，我还能是谁呢？”

“林——林宝光医生？”她有点犹豫地说。

那人没有回答。实际上，白芷感到周围空无一人，而她还没有完全醒过来。她决定继续睡觉。不知为什么，她心里升起一股模模糊糊的希望，她就在这股希望上涨的情绪中沉睡过去了。

她醒来时天已大亮，小鸟在树上唱歌，山泉在左侧汩汩流动。她听到有一个人在离她不远的地方砍柴。白芷兴奋地跳了起来。

“大叔，您是住在这附近的吗？”白芷大声问他。

穿着深蓝色汗衫的男子从林子里走出来，打量着她说：

“我住在离这里十五公里的河边，我这是为敬老院准备过冬的柴火。那么您呢？您是来找林宝光医生的吗？”他笑着问道。

“啊，您是怎么猜出来的？”

“常有模样与您相像的人来找这位老医生。可是老医生最近失踪了，有人说他去世了，我不太相信，因为我感到他还活着。您看见诊所了吗？”

白芷吃了一惊，顺着他所指的方向看去，果然看见树林深处有一栋小小的青砖瓦屋。她高兴地跳了两跳。她想了想，又不放心地问：

“大叔，您说常有模样与我相像的人来找林医生。那么，您认为我是什么样子？”

“这个问题有趣。这是我个人的感觉，我觉得你们的外貌都很相像。”

“原来如此啊。大叔，再见！”

白芷欢快地朝小屋走去。

当她推开那张门时，就闻到了中草药的气味。这是那种前后两间房的套间。前面房里有一张大桌子，几把椅子，一个放资料的玻璃柜。白芷判断这是诊疗室。后面房里除了一张空空的木板床，什么也没有。白芷推开玻璃门去翻看那些资料，她发现那些纸张都很潮湿，看来屋里已经很久没住人了。她的眼睛花了，看不清纸上的字。她纳闷地想，房里并没有中草药，中草药的气味是从哪里来的呢？有人轻轻地敲门，是樵夫。

“我不放心您，就来看看。您觉得这里如何？”

“这房子是为我准备的吗？”白芷迷惑地问。

“不为您的话，为谁呢？您瞧，这边有个壁炉，我给您在这里放一些柴吧，您就可以烧壁炉了。这是煤油灯，这是火柴。哈哈，我要走了，我明天再来为您送柴。您看到被褥了吗？瞧，这个大包袱就是。”

白芷忽然就发现了从梁上悬下来的绳子吊着的那一大团东西。

“大叔，您贵姓？您为什么要为我送柴？”

“我姓樵，您叫我樵叔好了。为什么给您送柴？因为林宝光医生的事业就是我的事业嘛。我愿意这样想。再见，小白，我明天来。”

白芷将被褥解下来，抱到木床上铺好。被单、棉絮、枕头等全是很新的，散发出浆洗过的清香。里头还有一床蚊帐，她一转身又看见了挂蚊帐的竹竿。这是怎么回事？莫非还有其他人在关注林医生的事业？白芷兴奋地将蚊帐挂好了。她感到后面这间空房立刻显得有内容了。有人在窗户那里显出一张脸，是个女人。

“白小姐还没吃早饭，我给您送烙饼来了。”那位大嫂说。

“大嫂您好！太感谢您了！可我什么都没做啊。”

“不用谢。我们大家早就知道您要来，您还在半路上，我们就知道了您的姓名。我们住在历史悠久的蓝村。我姓蓝。”

蓝嫂笑嘻嘻地露出雪白的牙齿，她是一位令人赏心悦目的女人。

白芷饥肠辘辘，她含泪吃了两大张烙饼，在雪白的毛巾上擦干净了双手。这期间蓝嫂一直在好奇地打量她。

“小白，您过来瞧瞧，”她站在窗前说，“那边那个小白房子是您的卫生间，虽然是临时修建的，但非常方便。”

“蓝嫂，我还是不明白。”白芷眨着眼说，“我好像做梦一样。这一切是怎么回事？你们是通过什么渠道了解到我的信息的？”

“您不是订了一份医学杂志吗？我们发出信息，您接收了它。这是多么美妙的沟通。我小的时候，贫困的山村里少有信息，我和其他几个人等啊等啊，后来完全绝望了……瞧我在胡说什么？”

她笑着住了口，说自己要回村里去了。

白芷将她送到小路尽头，看着她消失在树林里。多么奇怪啊，树林里没有路，她到哪里去了呢 ？有三只黑乌鸦落在她的脚边，它们一点都不怕人，走拢来啄她的鞋带，将鞋带啄松后就一齐飞走了。白芷惊奇地看着眼前这一幕，笑出了声。当她弯腰去系鞋带时，就看见了那块水晶石。巨大的水晶石的正中央有一个黑洞，她打量了一下那个黑洞，浑身发抖，坐在了地上。

“您好。”中年男子在她上方说。

“请问您是谁？”白芷还在发抖。

“我是医学杂志的出版人，我看到您同他们联系上了，我感到心花怒放！您，白小姐，是我们的希望。”

“谢谢您的夸奖。我不明白。其实啊，我还没有同我要找的人联系上呢。我还在找……可这是怎么回事？”

她说到最后这句话时指着那个黑洞，惊恐地瞪大了眼睛。

男人笑眯眯地说：

“看来您已经找到了啊！您会一帆风顺的。刚才在路上我一直在担心，怕您改变主意。没想到您这么成熟。”

“不，我一点都不成熟，我还没有弄清我的环境——”

“别谦虚了，您已经做得很好了。我要回去联系印刷事宜了。我们还会见面的。您愿意我们再见面吗？”

“当然，当然！”白芷噙着泪说，“今天——啊，已经是上午了吗？今天多么美啊！请问您贵姓？”

“我姓风。您将我设想成一阵风吧。您瞧——”

那人消失了。

白芷回到小屋时，有一个人已经坐在诊断桌旁边了。

“大爷，您是病人吗？您在等林宝光医生吗？”白芷问他。

“我等的是您这位未来的医生。”老头和蔼地说。

“啊，谢谢您！我要努力。”

“为什么您不坐下呢？您给我号脉吧。”

老头朝她伸出手臂，白芷不由自主地将手指搭在他的脉搏上。

随着那脉搏的有力跳动，白芷的眼前立刻出现了农舍和黄牛，还有绿油油的稻田。她和老头之间隔山相望。她听到了自己那细弱的声音。

“大爷，我是白芷，您听见了吗……”

然后“扑通”一声，她回到了桌边，面对着那张空椅子。

多么神奇的脉搏啊，白芷暗想，此地就像一个王国，有暗道通向世界各地。窗前的这些合欢树和黄连木探头探脑的，像要告诉她一个巨大的秘密，又像是要警醒她……大爷也许听见了她，也许没有听见，可白芷感到这是一种激动人心的交流。林宝光医生究竟是谁？

她不知不觉地又走到玻璃柜那里去翻看那些资料。那些纸张上的字全都消失了，变成了一些白纸。白芷的身体内发生了一种感应，她感到自己正与这房子连为一体。“妈妈，您放心吧。”她轻轻地说，“我正在学习做一名医生。很多人对我抱有期望。”

桌子上的抽屉里有一个听诊器，她戴上它，耳朵里就响起了雷鸣声和山雨的哗哗声。又有一个人坐在诊断桌边上了。

白芷朝他看去，发现他没有清晰的轮廓。

他在哧哧地笑。

“大哥，您认为我很幼稚吧？”

“不，不是这样。我为您高兴。我们多么爱您！”

“谢谢大哥。可我还什么都没有为你们做过啊。”

“来了就好，不用做什么。”

“大哥，您这就走吗？”

“我是来看看您的，现在我放心了。再见。”

白芷倚门而立。她看见一位老人健步如飞地朝山里走去。这个人看起来一点病都没有，所以他不会是林宝光医生。

“我应该怎样开始行医呢？”白芷问自己。

虽然这位大哥和蓝嫂都认为她在这里就好，不用做什么，但白芷心里在隐隐地不安。她很想去大山里采药，可又担心迷路。她现在还没有医学知识，所以她的当务之急是找到林宝光医生。

“小白，您到村里去找他吧，村里每个人都认识他。”蓝嫂说。

但是蓝嫂说完就独自走了，没有告诉白芷去村里的路怎么走。

白芷凝神细想了一会儿，就背着一个包出门了。她沿着山边那条小路往前走，走了很久都没遇见一个人。一些细小灵巧的花脖子小鸟总在她身前身后叫着，令她神清气爽。周围除了树还是树，看不到任何房子。

她有点累了，可是怎么能停下来呢？蓝村还没到啊。

“蓝村是这样一个村子，它在人的心里。”

又是那个人在说话，白芷将他设想成林宝光医生。

“是啊，是啊……”她在心里应和着那个人。

那么，一个位于人的内心的村子会是什么样子？

白芷终于看见一个人了。那个人坐在路边的石头凳子上，是一位患腹水的病人。他的目光凝视着地上的落叶，脸上有愉快的表情。白芷听见蓝嫂在什么地方说话。

“他是我丈夫，一个乐天派。”

白芷心里想，这位乐天派对她不感兴趣。当她从他身旁经过时，却听到他说话了。

“您是来接替林宝光老医师的吗？”

白芷站住了，心潮起伏。

“我怎能——接替？您能告诉我他老人家在哪里吗？”

“不能。”他摇摇头，“没人知道。我们尊重他的隐私。”

“昨天，我住在他老人家的诊所里了。”

“那就是接替嘛。”他责备地说。

“也许是。可我怎能……我没有医术。”

“我们需要的不光是医术。”他示意地拍了拍鼓胀的肚子。

但是白芷一点都不明白他究竟向她示意什么。这蓝山，还有蓝村，是多么深奥啊。

“我们的疾病不那么令我们痛苦。”他又说，“好了。再见。”

他垂下了眼皮。

白芷继续往前走，她轻声叨念着：“乐天派，乐天派……”

渐渐地，她失去了信心。也许永远走不到？总是这一模一样的树林，总是这相同图案的石子路，花脖子小鸟也离得远了，只能隐约地听到它们的叫声。她安慰自己说，反正不会迷路，无非是绕山一周，回到原地罢了，有什么可焦虑的呢？但仍然变得慌张起来了。一慌张，她又生自己的气。不是连腹水的大叔都镇定地坐在那里吗？她白芷一个健康的年轻人，有什么可慌的？就好像要同自己作对似的，当她看见一条往山里去的小路时，她就钻进去了。

可那是一条什么路啊，越走越窄，走到不上一里就根本没有路了。寄生榕树像个霸王，将路封死了。白芷只好掉转身往回走，她暗自思忖，原来并不是她想怎么走就可以怎么走，在蓝山下，她只能在试探中前行，或在试探中后退。

她回到了原来的路上。奇怪的是她又看见了蓝嫂的丈夫。他还是坐在路边，不过不是原先的地方了。他在玩抛石子。一些油亮的小石子被他抛到半空，然后又被他一一接住。

“大叔，您能告诉我，我为什么找不到蓝村吗？”

“您根本用不着去找。”

他停下动作瞪了她一眼。

“我就是蓝村。您一点都没有认出来吗？”

“我——啊，我有点明白了。我爱您，大叔。”

他笑了起来，摆摆手，示意她继续往前走。

白芷走了一会儿，心里突然就充满了欢乐。“我爱蓝村了，我爱上蓝村了！啊，我——”她多么想将这件事告诉一个人啊！可是她附近没有人，只有一只细小的戴胜鸟在树上跳跃。

蓝嫂忽然就出现在路上了。

“我来给您送饭的。”她指了指饭篮。

“我出来很长时间了，您怎么一下子就找到了我？”

“您瞧，那不是您的诊所吗？”她往右一指。

“啊，还真是它！看来我一直在原地转悠啊。”

“没关系，刚来的人都是这样。”

蓝嫂将篮子里的蒸馒头和肉汤拿出来，摆在路边的石桌上。

“怎么能老让您给我送饭呢？”白芷羞愧地说。

“这是林医师交给我的工作嘛。”

在蓝嫂的催促下，白芷吃光了馒头和肉汤。

“蓝嫂，我能向您提个请求吗？”白芷看着她的眼睛说道。

蓝嫂避开了她的目光，显得有点不自在。

“我知道您想去村里，可村里并不是想去就能去的。啊，这可是一个漫长的故事……实话告诉小白吧，我们居无定所。我们的蓝村是这样一个地方，一个隐秘的处所，地图上找不到。只有诊所总在这地方，诊所是标志，是蓝山的瑰宝……林医师离开后，您就来了，您现在属于蓝山了，您是一颗珍珠。我要回去照顾我丈夫了，我丈夫对您的印象非常好。”

她收拾了饭篮，往路边的树林里一钻就不见了。

白芷回到了诊所。她觉得自己今天已经走了不少路，但很显然，她一直在诊所周围绕圈子。蓝山，蓝村，林宝光老医师，医学杂志的出版人，蓝嫂和她丈夫……白芷努力思考着，但还是找不到头绪。不知为什么，在长途车上遇见的那位美丽的年轻女人的身影总在眼前出现。莫非她也是圈内人？白芷感到热血沸腾！毫无疑问，她正在改变自己的生活，某桩事业正在她眼前展开，等待她的投入。她不是已经寻找了好多年了吗？瞧那株合欢，不是正在向她透露午间的信息吗？

长着黑色凤冠的小鸟欢乐地鸣叫起来。

那个声音又响起来了。先前白芷将它认作林医生的声音。

“进了山，你要昂着头往前走。”

那声音在窗户那里发出嗡嗡的回声，白芷看见合欢树在点头。

白芷想，她之所以走不出去，是因为内心还不够坚定啊。如果她像蓝嫂和她丈夫一样生活，说不定她现在已经坐在蓝村的村民家里拉家常了呢。她从小有点优柔寡断，不过她这次出走倒是让她妈妈大吃一惊。那么蓝嫂和她丈夫是怎样生活的呢？白芷说不清，但她知道，这对夫妇同她自己很不一样。白芷对自己今后能否成为蓝村的居民很没有把握。她多么希望林宝光老医师出现在她面前啊。

白芷望着窗户那里发呆，但那声音不再响起了。

在她的想象中，蓝村人正在做晚饭，炊烟从山坳里升起，一派农家乐的景象。她在心里打定了主意——明天，太阳升起之时，她要不顾一切地闯进山里头去，她要昂着头朝一个方向走下去。

黄昏降临，各式各样的小鸟儿在树枝间跳来跳去的，那株黄连木显得特别精神，合欢树却有点昏昏欲睡了。

“谁要进来？”白芷调皮地大声问道。

没人回答。她拿过自己的背包，捧出那包干粮来放在桌上。房里有个水龙头，她用杯子接了水（她觉得那是泉水），打算坐下来吃晚饭了。

“这是多么美的生活啊！”她感叹道。

随即她便想起了坐在路边抛石子玩的蓝嫂的丈夫。她想，对于这位蓝村的村民来说，晚期肝腹水的确并不可怕。这样一想，她自己心底也油然生起一股无所畏惧的情绪。

葵来到了云村

“老亿啊，刚才我看见那边有颗星星落下去了，我觉得那就是他。”

“那么，我们是不是去县城里一趟？”

“不，不去。他嘱咐我再也不要去他那里，他说我对他的挂念会让他在九泉之下不安。‘你必须义无反顾。’他就是这样说的。”

“我们，我是说你，就是这样做的。”

亿嫂沉默着，她觉得她的老师太苦了，想着想着，她就哭起来了。

亿叔抚摸着她的背部，轻声说道：

“别哭了，屋里的，你是这方圆几十里的英雄。我常想，你是打不垮的，因为你久经考验，从未放弃过事业。人总有一死，那位了不起的老师培养出了你这样出色的学生，他会在九泉之下安息的。”

亿嫂止住了哭，转过身去收拾医药箱。

“这么晚了你还要出去吗？”

“我不放心茅奶奶。她的情绪有波动。”

“我同你一块去。”

夫妻俩打着手电走夜路。他们发现背后有个人影不远不近地跟着他们，好像是个男的。

“当然是灰句，”亿叔微笑着说，“他在揣摩我们，我觉得他在学习如何去爱他的邻居。这小子快要上路了。”

“他有一位伟大的爹爹。”亿嫂说。

那条灰狗轻轻地叫了两声，夫妻俩就进屋了。

灰句站在大门外，月光中的他看上去很激动，胸口一起一伏的。

隔了一会儿，小勺也出现了。

“你说离开了药草园你就会死，是认真的吗？”小勺对他耳语道。

“嗯。”

“最近我的想法有些转变，我觉得我离开了你后对生活就失去了兴趣。”

“哦？”

“说不定我们也可以像屋里那一对一般生活？”

“你？你行吗？”

“可以试一试。”

屋子里面，茅奶奶在床上呻吟着说道：

“真舒服，真不想死啊。亿医生你告诉我，这小小的银针是怎么将我身体里头的疙瘩松开的？我看见它在我里面游走，那是你在发功吧？我心里这股喜悦的劲头啊……”

治疗刚完毕，茅奶奶一翻身就下了床。她也不用拐杖，自己径直走到桌边坐了下来。亿嫂提心吊胆地瞧着老人。

“刚才你为我扎针时，我回了趟老家。那么多熟人都围拢来了，他们异口同声地对我说‘奶奶啊，您不会死了，您再也不会死了。’我伏在床上，一直在流泪，太舒服了……”

回家的路上，夫妻俩慢慢地走，看月亮。他们舍不得一下子走到家。

这么多年了，云村的外形虽然有变化，但核心的部分还同原来一样。

亿叔轻声叹道：

“真是一种有魔力的工作啊！”

亿嫂转过脸去轻轻地笑。她在心里对自己说，老亿没说错，老师在九泉之下一定会安息的。她回想起站长从前意气风发的样子。

“我身体里头的疙瘩这会儿也松开了。”她说。

“山上那团磷火注视我们好久了。”亿叔说。

“站长啊，您的事业在云村进展得很顺利！”亿嫂朝山里喊道。

他俩终于到家了。在家门口，芦花鸡磕磕绊绊地出来迎接他俩，它像喝醉了酒一样，东倒西歪地行走。

“芦花鸡很喜欢恋爱。”亿嫂说。

“我在它面前感到羞愧。为什么我就不能正视它的欲望呢？”

亿叔的声音很苦恼。亿嫂就安慰他说：

“这种事很常见。因为你是人，人太复杂，难以一眼看穿它们的动机。”

多么美好的夜晚啊。亿嫂入睡前的那个念头是：芦花鸡已经见过黄鼠狼了。万物生生不息，牛栏山已经给了这两只小动物机会。

然而他俩很长时间都没有得到站长去世的消息，反而有个熟人无意中告诉他们：站长还活着，身体有所恢复。

亿嫂当时就高兴得拍起手来。她对亿叔说：

“站长舍不得他的事业。现在他能做的就是祝福我们。说实话，有时我一回想心里也觉得奇怪：这几十年是怎么过来的？我们一贯在村里独立工作，可是忽然，有两位优秀的青年先后来加入我们了。这种事就像做梦一样，事前完全没料到。”

“也不是一点都没料到。”亿叔眯着眼说，“你没料到是因为你太忙了，而我是个闲人，我一直在观察，早就发现了苗头。”

“那你说说，他们为什么要来加入我们？”

“他们走投无路了嘛。大概很久以来他们就有这种感觉。”

“老亿，你的感觉真敏锐。”

“可我缺少天赋。我们家里只有你有天赋。所以你就成了云村的明灯，照亮年轻人那昏暗的心。哈哈，我没说错吧？”

“可我自己的心也常常是昏暗的，我怎么会是明灯？”

“事情往往是这样。你无意中成了明灯。”

“管它呢，我们踏踏实实地干活吧。”

要干的工作确实太多了，这些日子里，亿嫂觉得自己越活越有劲头了。先前身体上的疲惫现象没再出现过，人也显得比以前光鲜了。她开玩笑地称自己“老当益壮”。闲下来的时候，她看着牛栏山，回忆同它一块度过的那些日子。渐渐地，她就感到牛栏山已经给了她某个允诺。

半夜里，常有白发老翁对她念口诀。她知道那口诀的意思是请她去山里。她却拿不定主意是否要去。她有顾虑。万一在山中遇见站长，她不是就违反诺言了吗？牛栏山对她很有信心，可这不等于她就可以闯进山里去。远距离的交流于身心更有益。她听见自己在黑暗中对米益说：“你的儿子是无价之宝。”她自己发出的声音让她流出了眼泪。这位美丽的少妇是用什么样的坚实的材料做成的啊！

“老亿，那地下是什么？”

“是一片月光——不，那是牛栏山。”

“你真会猜，一猜就猜中了。我猜不中，因为我的心太实。”

“快睡吧，明天有繁重的工作要做。”

“好。”

他俩几乎又是同时睡着了。这种事常发生。

早上，亿嫂一睁开眼就说：

“米益的儿子确实是无价之宝。”

“确实是。”亿叔紧闭着眼说。

窗外布谷鸟在叫，声声紧。

吃过早饭，收拾好屋子，亿嫂就上圆有西大妈家去了。

像是奇迹发生了似的，圆大妈身体里的癌细胞最近停止造反作乱了。亿嫂甚至停止了对她的治疗。当然她仍然很虚弱。

亿嫂刚进院子就听见细辛在大声说话。

“妈妈啊，您不要相信那些中草药，尤其不要相信医生！其实啊，我观察您的治疗已经有很久了，一直觉得这里面有问题——”

“不要乱说话……”圆大妈虚弱的声音传出。

亿嫂连忙咳嗽两声，她感到自己的脸在发热。

“今天完全不疼。啊，老天开恩了，是不是因为我救活了那棵榆树？”

圆大妈握住她的手，亿嫂心里升起不祥的预感。

“我媳妇没有主见，说话东一句西一句。她不好意思，躲起来了。侄女，你不会见怪吧？”

“当然不会。细辛是坚强的女人，她把您照顾得这么好，她该有多么善良！我心里很感激她呢。”

“我的日子快到了。”

“嗯。您放心吧，一切有我呢。”

“对你，我一百二十个放心。我都不敢相信，我怎么会在最后的时刻被解除了痛苦。大概是那些草药的神奇功能。我要把那间披屋送给你放草药，我已经立了字据，细辛也同意了。啊，我心里多么舒坦……侄女，你抱我一下吧，我马上要闭眼了。桥的那边就是山，老家的人全来了，我看不清他们，可我闻得出。我们那里产艾叶，他们身上都散发出艾叶的香味。贱狗，贱狗，你也来了？你拉住我的手吧……这位是亿医生。”

圆有西大妈心满意足地在亿嫂怀里走了。

那一天，二媳妇细辛泪水涟涟地向每个来人诉说她婆婆的好处。

“她是个顶天立地的女人，她连死都不怕……我从来没见过像她这样的。我的心跟着妈妈一块死去了——我怎么办啊！”

她往往说着就号哭起来，弄得在场者都很紧张。最后，她丈夫忍无可忍，一把将女人拖走了。

亿嫂看着穿好了寿衣的圆大妈。有一刻她发现老人睁了一下眼，做了一个鬼脸，然后又闭上了眼。她越发感到屋里的氛围有点诡异。细辛当然是在向大家表明她对婆婆的忠心耿耿，可是在亿嫂听来，那些话里面总有点言外之意，会不会同圆大妈赠给她的披屋有关？她那些没有条理的诉说让亿嫂的脊梁骨一阵阵发冷，她差点晕倒，幸亏亿叔扶住了她。

“我们先回家吧。”亿叔对她耳语道。

被丈夫搀扶着离开了圆大妈，亿嫂用力吸了几大口新鲜空气，这才感到冻僵的内脏渐渐缓和过来了。

“我从来没同任何人结过仇。”她说。

“她说那些话是出于爱，她同你一样爱圆有西大妈。”

“我能理解她。圆有西大妈确实具有云村的古老品格。”

亿嫂谈论圆有西大妈时，便感到有一只粗糙的手在抚摸自己的脸颊。她陷入回忆中，在心里打定了一个主意。她的挚友将脾气有点古怪的儿媳托付给她了，她要尽一切努力去实现她的遗愿。这位媳妇那么爱她的婆婆，事情多半会有转机，死者会成为她和她之间的桥梁。亿嫂很后悔，因为她对待这位媳妇的态度过于简单化了。她是个赤脚医生，可她并不真正懂得人情，至少同圆大妈相比，她在这方面还像个学生。想到这里，她就听见了牛栏山的低语。

圆有西大妈的遗体被送进牛栏山后不久，有一个人在失踪多年之后突然闯进了亿嫂的生活。这个人年轻的时候是亿嫂的好友，一位精干的女孩子，大家称她为“葵”。葵的身上仿佛有无穷无尽的活力，她和亿嫂很快成了医疗站的骨干。然而悲剧发生了，这位女孩子爬上悬崖去采药，失足摔了下来，摔断了脊椎，从此成了一个坐轮椅的人。

在葵养伤期间，亿嫂陪伴着她度过了许多日日夜夜。她对好友的病情魂牵梦萦，她绞尽脑汁为她减轻痛苦。有一天葵感到自己好些了。她早早地洗了脸，梳了头，坐在家里等亿嫂到来。

“我明天要到南海去，”她微笑着告诉亿嫂，“这件事要保密。我一早就坐车走了，你没法来送我。”

亿嫂呆呆地看着这位朋友，过了好半天才挤出一句话：

“葵，你后悔做了赤脚医生这个行当吗？”

“有一点点吧。不过我已经想通了。我感到我不是那块料，只有你最适合当医生。从前我多么嫉妒你啊。春秀，再见，我永远是你的朋友。”

亿嫂没有去送葵。好长时间里，她没有得到过关于葵的任何消息，医疗站的同事们都说葵失踪了。一直到最近，亿嫂也从来没得到关于她的任何消息。亿嫂已经在悲哀中埋葬了关于这位好友的记忆。

她来的时候亿嫂正在后面房里用碾子碾药。葵拄着拐杖，一瘸一拐地进了屋，她脸上的皱纹如刀刻出的一般，皮肤那么黑。这真的是葵吗？当然是她，亿嫂听见她叫自己“春秀”。

两个女人抱在一起痛哭。

亿嫂请她喝茶，吃糕饼时，她幽幽地说：

“我刚才来时，已经在你们村租了一间房做诊所。这些年来我一直在干本行——要不我能干什么呢？我要同你合作。”

“哦，葵……哦，葵啊……”亿嫂流着泪说。

“我之所以回到你这里，是因为我原来的村子被海啸卷走了。往事不堪回首啊，近两年我老做噩梦。”

葵说话时一直在屋里来来回回地走，拐杖发出哒、哒、哒的响声。亿嫂请她坐下来吃东西，她回答说：“坐不下来啊。”

亿嫂看得出她的精神很亢奋，她的思路也很清晰。

“我们云村有了葵，是我们云村的幸运啊，葵，你手里拿着什么？”

“我抓着我的命运。你瞧，它蹦得多么起劲！我不能松手！”

她将一只拳头举到眼前，仔细地凝视着。

“我要回诊所了，春秀，说不定今天会有病人到来。不，你别送我，如果你送我的话，村里人会认为我没有独立行医的能力。其实啊，我同你一样，这些年一直在努力钻研。我受伤之后很快就明白了，我只能干这个。要不然当初在悬崖上，我怎么能那么奋不顾身？”

她走了。亿嫂想着她的身世，愁苦的脸上渐渐露出了笑容。这位好友是如何走出生命中的泥淖，抓住光明的？这件事会不会同一种神奇的药草或银针有关？也许，当人要抛弃药草的世界时，药草就会去缠住她，同她建立一种更为亲密的关系？好久好久，亿嫂平静不下来，她一直在心里低声叨念：“葵，葵……

奇迹啊！”

门边一响，亿叔回来了。

“你的好友，成了治疗鸡眼和各种脚疾的专家！”亿叔说。

“却原来你比我消息灵通！”

他俩对望一眼，亿嫂又笑出了眼泪。

“老亿，我怎么变得这么容易哭了啊！”

“她不是回来了吗？不是挺好的吗？”

“好，好！可是我要干活了，我不能落在她后面。”

亿嫂走进后面房里，继续用碾子碾那些草药。当她劳动时，她的思路就进入了从前的年代。她和葵一块救活过一位触电昏迷的路人，她俩在那一瞬间都变得力大无穷，迅速地将垂危的人摆好位置，由亿嫂为他做了心脏按压。那是亿嫂第一次发现自己有起死回生的神力。后来那人居然自己坐了起来，口里嘟嘟哝哝地埋怨了一会儿，然后站起来走掉了。两位女孩目瞪口呆，半天说不出话来。

“也许这人是装死？”葵犹豫不决地说。

“也许吧，但救活一个人对自己是多么大的鼓舞啊！”亿嫂叹道。

“好像没有我俩做不到的事。”

她俩一路嘻嘻哈哈地开玩笑。回到医疗站时，站长笑眯眯地站在大门口迎接她俩，说要重奖她俩。

“那只不过是我们应该做的罢了，干吗要重奖？”亿嫂问。

“你知道那个人是谁吗？”站长郑重地说。

“不知道。这有什么关系？”亿嫂很不解地看着站长。

“他是街上的孤寡老人啊。你们为他按摩了心脏，这是什么样的奇迹？这种事多少年才会发生一次？”站长激动得脸发红。

“这算不了什么奇迹。”葵和亿嫂异口同声地说。

可站长坚持说这件事就是奇迹。他请人做了一面锦旗，挂在两位女孩的休息室里。锦旗上绣着“救死扶伤”四个金色的大字。

亿嫂记得当时葵一耸肩，一撇嘴，说了句：“多此一举。”

那是什么样的火一般的年代啊！她和葵都熊熊地燃烧着，每一天，她们都觉得时间不够用。亿嫂后来常想这个问题：葵是不是因为太性急了才从悬崖上掉下来的？这个问题令亿嫂的心区产生疼痛，但她还是常常不知不觉地去想它。那时的葵热烈奔放。当她看见悬崖边土洞里的崖豆藤点头向她召唤时，她便毫不迟疑地爬了过去，于是就一脚踏空了。当时亿嫂也看见了那株崖豆藤在风中的古怪表情。那一天是个阴天，亿嫂听见有人在近处的竹林中拉二胡。葵受伤之后，心怀疑惑的亿嫂又爬上了那悬崖，找到了那个土洞。土洞里黑乎乎的，亿嫂鼓起勇气将手伸进去探了好多次，却并没有探到崖豆藤——那里头空空荡荡的。亿嫂心中发冷，她想，难道那株美丽的药草是一个幻影？它到底存不存在？但她不敢问葵，直到今天仍不敢。因为那诡异的崖豆藤，葵的生活完全改变了。事情刚发生时，葵认为自己很吃亏，很不幸。她的想法也是亿嫂的想法，那时她们都很年轻。但这次会面给亿嫂的印象却是：葵完全改变了，她自信自足，她正勇往直前。那么，崖豆藤的表情究竟意味着什么？

亿嫂将碾好的药粉装进瓶子里时，天上下起了瓢泼大雨。亿嫂心里想，葵租下的房子会不会漏雨呢？她穿上雨靴，打着雨伞向外走。

她很快找到了那间屋。她还没敲门，就听见葵大声说："请进！"

葵正在为鱼嫂治她的病脚。鱼嫂闭着眼，很享受很放松的样子。

"我正在给她讲那个渔村的故事呢。"葵告诉亿嫂说，"有一个人，总是将我的全部希望拿走，然后又逼我去找新的希望。我啊，早就习惯了这种大起大落。"葵说。

"葵是我的救星。"鱼嫂说这话时一边快乐地呻吟着。

"这是因为你脚上的鸡眼同我有共鸣。"

鱼嫂千谢万谢地走了。

在隆隆的雷声中，亿嫂看见葵脸上的轮廓变得分外柔和了，她差不多变成一位美女了。亿嫂忍不住将在心里埋了几十年的那句话说了出来。

"后来我去过断崖，我用手在那土洞里捞来捞去的，却并没有找到那株崖豆藤。可在当时，我俩同时看见了它，对吧？"

"当然是看见了。也许是我把那株药草带走了吧。几十年来，不论白天还是梦里，它从未离开过我。要不我怎么会成了今天的我？"

葵爽朗地笑了起来。亿嫂也笑了。

葵向亿嫂伸出手，亿嫂握住那双温暖干燥的手，在心里惊叹道："这双手真大，像男人的手一般有力！"

她俩默默地相对而坐，让时光在她们之间倒流。

"你……"葵首先说了出来。

“你……”亿嫂应和着女友。

“渔村就是云村的倒影。”葵又说。

“红霞漫天，我在你的渔船上撒过网。”亿嫂也应和着她。

亿嫂听到里屋有男人在叹息。

“他是谁？”

“我的病人和丈夫。我和他是渔村的幸存者。”

“亲爱的葵，原来你已经找到了幸福。请接受我迟来的祝福。”

“谢谢你，春秀。我也祝贺你，我一走进云村，就感到了你被幸福包围着。那一刻我什么都明白了。”

她俩同时想起了老站长，想起了那面鲜艳的锦旗。两人都强忍着哭泣的冲动，假装在回忆世界上最愉快的事情。

里面那间房的床上发出一阵乱响。过了一会儿，那男人摇摇晃晃地走出来了。亿嫂看见他留着大胡子，目光浑浊。

“喂——”他指着葵说。

葵迎上前去，他一巴掌就将她打倒在地，然后吃惊地望着在地上挣扎的葵。亿嫂走过去将葵抱起来时，背上也吃了他一拳。亿嫂痛得龇牙咧嘴，但还是将葵抱到了那张躺椅上。

男人呻吟着回屋里去了。

“他很痛苦，对吗？”亿嫂轻声问葵。

“是啊。”葵点点头，“巨浪卷走了他的儿子。他发作的时候，就不认识我了，他以为我是海。我们是劫后余生。”

“可怜的男人。”

“他是我的病人，是我爱上了他。”

亿嫂颤抖着，紧紧地握住葵的手。她看见葵的眼睛里有一些人影。

“进来吧！”葵高声唤道。

是亿叔。亿叔将饭篮放在桌上。

“给你们送来一点荞麦粑粑，趁热吃了吧。”

葵高兴地拍手，大声说：

“大力，大力！快来吃荞麦粑粑！”

亿叔和亿嫂一块回家时，雨已经停了，天上有一抹红云。

“他们夫妻恩爱。”亿叔说。

“你一眼就看出来了。可我从来没有看出葵有如此深邃的心灵。也难怪，我是个粗人嘛。”

“人的某些性情，要在特殊环境里才得到发挥。”

“你快成心理医生了。”

“因为你是医生，我就变成这个样了。”

他俩一边走一边商量如何让灰句和小勺重新和好的事。

“为什么分手呢，这种结果很不对头，违反原则啊。”

亿嫂说了这话后就陷入了沉思。她感到他们所讨论的是一个很大的问题，大得无边无际。她也不能清楚地说出“原则”究竟是怎么回事，可她认定发生在她眼前的这件事不对头，并且这事让她心神不宁。

“我们的队伍在一天天壮大。”亿叔转移了话题。

他想说一些振奋人心的事。至于生活中的那些谜团，就让它们自己解开吧。老话不是说“车到山前必有路”吗？

亿嫂会心地一笑。她想起了一件事。

“老站长也有看错人的时候。他一直最看重我，可是他没有发现，葵才是那种真正的希望之星。”

“应该说葵和你各有千秋。此地因为有了你俩，人脉变得更旺了。”

“老亿，你真好，你总是鼓励我。你瞧，天刚黑，那团磷火就出来了。看来老站长刚刚发现他过去的学生都在成长，他好像喜不自禁呢！”

他们经过桑云家的窗前时，听见了婴儿那有力的哭声。亿嫂感到自己的心在胸膛里猛跳了几下，不久前接生时的情景历历在目。

“有位外地老农给我介绍了一种新的药草，俗名叫止血草，据说止血有奇效。我把它收在药柜里了……”

亿嫂听见丈夫在很远的地方说话，那声音消失在风中。她又一次感到此地那种蓬勃的生长力。

灰句深入到事业进程中

灰句终于在自己的身体上学会了针灸。他想，当葱爷爷从远方回来时，他就能够正式替他治疗腰腿痛的毛病了。他有种感觉，好像葱爷爷并没有离开云村，他之所以说自己出远门，其实是为了藏起来观察他灰句的一举一动。葱爷爷是有理由观察他的，因为在他身上正在发生某种变化。难道不是吗？有时候，灰句觉得自己正在变好——比如葱爷爷这件事，他觉得自己越来越经常地想念他了，就好像他是自己的亲爷爷一样。但另外一些时候，他又觉得自己正在变坏——比如他对小勺的态度。他的内心深处仍然爱她，可是当他俩相遇之际，他又会突然变得冷淡起来，就好像同她谈话时都在走神，完全不在乎她了似的。他每隔两三天就要去山上采集草药，这成了他最热衷于做的事……那么，是不是这些药草正在改变他的性情呢？当他一个人沉思之际，他就会有那种念头产生：山里的这些药草的作用决不仅仅是给人治病，它们还在暗中塑造人的性格。确实，这些奇异的小草的魅力是无法抵挡的。

“灰句，你帮爹爹修理一下这条腿吧。”

“你这条腿是有点发炎。爹爹受了凉吧。”

银针扎下去的时候，父子俩同时感到自己的骨头产生了酥麻感。爹爹惬意地哼哼着，说：

“灰句，灰句，你成了男子汉了啊。灰句……”

“爹爹，您从地里回来了啊。”

“我回来了。我儿成了医生了。”

灰句看着爹爹，觉得爹爹像小孩一样依恋着他。对他来说，这是多么陌生的感觉啊！爹爹一直在旁观着，看着他成长，现在他长成男子汉了，所以爹爹就变成小孩了。生活还是很有趣的，他以前对世事不感兴趣，是因为他心胸狭窄，不善于观察。

“爹爹，我明天要去帮助米益护理她的药草山。”

“我儿是大红人，大家都需要他。那小山包里头吵得厉害，有一天，我看见一只银狐从山上的一个洞里钻出来。米益在干大事。”

“银狐？”

“是啊，我不相信我的眼睛，因为这种狐只有传说中有过。”

“好多事都是从来没有过的。”

当灰句在清晨被鸟儿们吵醒时，他一下就跳下了床。

“云村苏醒了，真正苏醒了！”他说。

“灰句，你嚷嚷些什么啊，你把鸟儿全吓跑了！”母亲说，“这些喜鹊在争执不休，刚才我正为它们着急呢！”

灰句精神抖擞地去乘车。

好久以前他来过荒村，可眼前的这个村子完全变了样，灰句一点都认不出来了。那些瓦屋都很矮，被屋前的树林遮蔽着，不仔细看就看不到。灰句记得荒村的房屋从前并不是这个样子，莫非长途车将他带到了另一个村子？四周倒是有好几座小山包，到底哪一座是米益的药草山呢？

“大兄弟，从哪里来啊？”有人在林子里说话了。

“我从云村来，我找米益。”

“云村！那可是好地方。进来吧，我们一起喝一杯。”

灰句始终没看见那人，他循着那个声音穿过了树林，进了屋。

“请问大伯的姓名？”

“我姓杨。来，来喝酒。”

灰句的酒量小，喝了两杯米酒就有醉意了。

“杨伯，您家里只、只有您一个人吗？”他问。

“只有一个人。我没有娶妻成家，因为我是个不负责任的家伙。客人啊，您从远方来，来帮助我们的米益。您知不知道，您帮助她就连带着也帮助了我呢？刚才我看见您在林子外边东张西望，我就知道我的好运来了。”

“原、原来是这样！”灰句有点看不清眼前的老人了，“您这样一说，我、我心里真舒服！米益在哪里？我要去找她！”

灰句用两手撑着桌子站起来，可是他很快就跌倒了。后来他就什么都不知道了。他脑子里的最后一个念头是：“米酒真香啊。”

杨伯走过去用预先准备好的绳子将灰句的手和脚捆起来。小山包出让给米益前他在山上收到过信息，那信息很模糊，他经过仔细的分析知道了大意，说的是从云村来的人要破坏米益的事业。所以他今天一看见灰句就认定了他是来搞破坏的。他知道米益将药草山维护得非常好，她向一位老农请教，掌握了很多药草方面的知识。她根本就不需要这个家伙的“帮助”。何况那根本不是什么帮助，是一桩阴谋。

灰句醒来时已是半夜，他发现自己躺在地上，无法挪动。

“杨伯！杨伯！”

“住嘴！”

“救救我，杨伯！”

“只有你自己能救你自己。”

“我当然要救我自己。我犯过很多错误，杨伯，我从前是个坏蛋，满肚子阴谋诡计……可我现在已经变了，从我开始进山采药以来——啊，这种事我说不清。反正，采药这种工作，您是知道的吧？”

“本来我是要打断你的腿的，因为你居然想去破坏米益的工作。不过你突然提起采药的事，我倒有点意外。你现在常去采药吗？”

“千真万确！我还采到了骨牌草呢。你可以找米益证实。天哪，帮我解开绳索吧，我耐痛的能力很差，我觉得我要晕过去了。”

老杨微笑着帮他解开了绳索，疑惑地看着他，问道：

“我们的米益一直同你有交往？”

“她是我的好朋友。”

“你也在学习做草药郎中？”

“我很差劲，但我在尽力工作。杨伯，带我去找米益吧。”

“你听，米益已经来了。”

但是进来的不是米益，是葱爷爷。葱爷爷激动地拍着灰句的肩头，个劲地说：“好样的，灰句，你成了个人物了。我要对你爹爹说，你不负他的苦心栽培啊。你是个有志气的青年。”

两位老汉都赞赏地看着灰句，眼里射出温暖潮湿的光。

灰句先是愣愣地看着他们，然后忽然明白了一点什么事，禁不住大哭起来了。他心中百感交集。他哭泣时，老杨在一旁说道：

“老葱啊，您瞧，这小伙子什么全明白了。这样看来，他天生就是这块料，对吗？”

“当然啦，要不他怎么会跑到山上去？得知他要上山的那天，我在树林里等他，等了好几个小时！”

灰句止了哭，听见了葱爷爷谈到自己的那句话，一下子心里充满了疑惑。真神奇啊，那时葱爷爷就知道他要去牛栏山采药。他一直对那次发生的事思来想去的，没想到今天才得到了答案！可这究竟是不是真的？

“葱爷爷，我学会了扎针，我以后可以帮您做针灸治疗了。”

“老杨，您瞧，我已经心想事成了。不，我不能同这小子待在一起，我必须同他拉开距离……老杨，您把这家伙赶走吧！”

杨伯走到灰句面前，冲着他大吼：

“你还不快走！！！”

灰句昏头昏脑地到了屋外，又穿过树林，来到了起先进来的那条路上。这时天已经黑了，荒村的那些房屋都隐藏着，只有房屋里的灯光闪烁着，像鬼眨眼似的。一阵冷风吹来，灰句的腿发抖了，他轻声地诅咒着自己。

路上出现了一个影子，是一名男子。

“你找谁？”那人问道。

“我找米益。”

“米益是不能随便找的。你找她有事吗？”

“是她约我来的，我要帮助她种植药草。”

“原来是这样啊。你现在可以回去了。”

“干吗回去？我是来找米益的。”

“米益是不能随便找的，我刚才没告诉你吗？”

“您告诉了我。可是——”

“你快后退，快！不然我的棒子就打过来了！该死的！！！”

灰句抱头鼠窜，在黑暗中根本分不清方向，不知道自己窜到了哪里。

当他终于放慢了脚步停下来时，一下子就发现了月光下的小山包。

啊，板蓝根！啊，车前草！啊，麦冬草！啊，鱼腥草！啊，凤尾草！啊，矮地茶！啊，益母草……

灰句匍匐在地上，他在倾听药草的根发出的声音。他全身的毛孔都舒张开来了，多么惬意啊！这些草都是米益的草，它们就像米益一样同他那么贴心。

“他倒是锲而不舍啊。”

灰句听到刚才那人在什么地方说话。他站起来，拘谨地拍了拍衣服上的灰。左右一环顾，并没有见到那人。

这样的夜里站在小山包上看荒村，灰句的脑子里一片糊涂。他仍然看不到任何人影，任何房屋，只看到一些在树林中闪闪烁烁的灯光。他想，米益是那么直爽单纯的年轻人，怎么会生活在这么诡异的地方？如果荒村真的是有鬼气，那这座药草山又是怎么回事？回想刚才的遭遇，灰句觉得问题应该是出在自己身上。他的功力太浅，对目前的工作也只有表面上的一些理解，没能猜到这项工作的内在的秘密。米益显然比他了解的情况多，至于葱爷爷和杨伯，灰句认定这两人都是功夫很深的人——虽然一个在云村，一个在荒村，但他们不是到一起来了吗？他们不是连说话的方式都很相似吗？他们很可能是为同一桩事业在努力，所以才显得那么严肃。

灰句一边下山一边想着这些问题，他觉得自己受到了这些人的感染，心中一些习以为常的观念正在动摇。忽然，他对自己大大地不满了。的确，像他这样一个三心二意，几乎不爱任何别人的孤独者，小勺又怎么会信任他？和他这种人生活在一块，她终究会觉得很乏味，很不放松的，甚至还会感到前途茫茫。小勺离开他是对的，但愿她不要回头。

他回到了那条路上。他决定沿着公路走，走到天亮，然后搭车回云村去。很显然，荒村并不欢迎他，这里的人感到同他格格不入。不过令他感到欣慰的是，荒村人（包括葱爷爷）对他所追求的那些事同样充满了严肃的热爱，甚至狂热……那么这个荒村，到底是一种什么样的村子？还有米益，除了更自觉、更有定力之外，她对这种事业的追求与他有什么不同？唉，米益，米益，你总不现身是为了教育灰句吗？

他走了很久，路上居然没遇到一个人。不知为什么，越是没遇见人，他越是觉得这地方给他一种亲切感。也许他已经离开荒村很远了，也许沿路这些隐藏的村子都是类似荒村的村子。这就是葱爷爷所说的“拉开距离”吗？多么有趣啊！有时候，某个村民从树丛中探出头来，灰句以为他会注意自己，但他完全没有，他看一眼蓝天，又缩进去了。

后来他就上车了。透过车窗，他留恋地看着那些隐藏的房屋，它们这里那里地露出一部分，好像在对他诉说什么。

“灰句啊，这趟旅行收获大吗？”

“爹爹！爹爹您怎么来了？”

“还不是因为不放心你嘛。可现在我觉得你很有把握了啊。”

“我？我是有一点把握了。不，我完全没有把握……真的没有。荒村是怎么回事？爹爹能告诉我吗？”

父子俩对视了一眼，同时笑了起来。

“灰句，你问问它吧，也许它能告诉你。”

爹爹说话时指着邻座放在篮子里的那只鹅。

灰句蹲下去，将自己的脸颊贴着白鹅的脖子。他感到一股温暖的浪潮扑面而来。当鹅看着他的眼睛时，灰句觉得自己分明看见了葱爷爷的眼睛。

“爹爹，它告诉我了，我有把握了。”

回去的旅途中，灰句伏在爹爹的肩头睡着了。这是他生平第一次与爹爹有如此亲昵的交流，这种奇怪的激情将他弄得晕头晕脑。在睡梦中，爹爹不停地叫他："灰句，灰句……"

汽车到站了灰句才醒来。爹爹示意他准备下车。

旁边一位女子对爹爹说：

"这是您的儿子吗？瞧他多么害羞！他大概从未单独出过远门？"

"可以这么说吧。"爹爹点点头，"他是个恋家的孩子。不过他现在已经是成年人了，谁知道他下一步会做出什么惊人之举来？"

那女子朝灰句做了个鬼脸，灰句的脸一下就涨红了。他忽然觉得这女子很面熟。啊，她不是米益的表姐吗？灰句认识她，只是没同她讲过话——他同村里的很多人都没讲过话。

"嗯，您培养了一个有出息的儿子。"那女子郑重地说，还点了一下头。

"表姐，米益在哪里？"灰句冲口而出。

"您瞧您瞧！"表姐嚷了起来，"原来他一点都不害羞！他呀，无论什么事都要弄个水落石出！他和我那表妹是一类人！"

表姐说完这些就从岔路上快步离开了。

父子俩默默地朝家里走。

"爹，您究竟对我有什么期待？"灰句终于忍不住问。

"期待？我对我儿什么期待都没有。你怎么会这样揣测你爹爹？你现在不是我行我素了吗？我高兴。莫非这种高兴也是种期待？他们说我培养了灰句，让他们去胡说八道吧。"

"对不起，爹爹。我现在说得出口了，我要说出来：我爱您。"

"好啊好啊。这还用说？你以为我不知道？你小看你爹爹了啊。"

“可我以前并不爱爹爹。”

“不对，你从来就爱爹爹。那一年你三岁，爹爹脚上生了疮，你见了就哭起来，哭得可凶啊！”

灰句抬起头，他看见自家门口的风景变得朦朦胧胧的。他想，三岁的灰句是什么样子？小时候的事他怎么全忘了？为什么另外一些事他又记得那么清楚？

父子俩进屋了。灰句注意到母亲将什么东西收进了抽屉。

“妈妈，您在工作吗？”灰句问道。

“是啊，我在用小沙包练习眼力。我想帮助我儿。灰句，你扎银针时我总在旁边看，我想看清身体里面的那些东西。我将小沙包扔得团团转，眼力大大增强了。”她嘻嘻地笑着。

“谢谢妈妈。”

一家三口坐在桌旁吃饭。吃到途中，灰句放下筷子说：

“米益栽下的那些药草是怎么回事？”

“和亿医生的药草大不相同吗？”母亲问。

“是啊，太不相同了，但又让我感觉很熟悉。就像、就像长在家门口的奇花异草一样。我还觉得它们有脚。”

“走火入魔了啊！”爹爹笑得喷饭。

灰句觉得怪不好意思的，可他还是想说出来。

“会不会天下的药草是一家？”

“当然是一家！”母亲热烈地响应。

灰句在卧房里躺着，怎么也睡不着。他听到有人在院子里说话。

“你看望了他们，他们也要来看望你……”

“谁？”灰句大声问道。

“荒村人嘛，嘻嘻……”

他起身到窗口去看。

他看见一张脸从外面紧贴着窗玻璃，那人的鼻子被他压得扁扁的。

“您想同我说话吗？”灰句问他。

“别说话。我在观察你呢。我是荒村人。”

灰句觉得怪别扭的。他想走开，但又想，如果走开的话是不是显得很做作呢？可不走开的话，就得同那人对视。他对自己说，对视就对视吧，他也可以观察这个人嘛。他是荒村人，他是来同他灰句交流思想的。交流思想？他遇见几个那边的人了，一点都不觉得自己可以同他们交流，他几乎听不懂他们的话。灰句生在乡村，但云村并不闭塞，同外界的交往也很频繁，可他这个云村人就是没法同荒村交流。那么米益又是怎么回事？他同米益不是成了好朋友吗？他万万没想到米益会来自一个他无法与之交流的地方。如果下次遇见她，他就要向她提很多问题。

“你左边的脸颊肌肉有点紧张。”那人说。

“您的鼻子被您压得肿起来了。”灰句针锋相对地说。

“天哪，你一下子就明白我的意思了。你在荒村到底看到了什么？”

“看到了什么？看到了月光，看到了药草……您是米益派来的吗？”

那人的脸立刻离开了窗玻璃。现在他背对着灰句了，灰句感到那背影有点落寞，他是一个胖子。

“喂！您没事吧？”灰句大声说。

“我没事。云村不会放过我，我在劫难逃。”

那一大团浓黑的身影移出了灰句家的院门，接着灰句就听见母亲在说话。

“这是我为您准备的干粮，您带上吧，用得着的。”

灰句叹出一口气，全身立刻感到轻松了。他自己不能同荒村人交流，母亲却可以。看来米益叫他去荒村并不是要他帮忙，却是反过来要帮他一把！他回忆起那座令他着魔的药草山，不由得微笑了。

他躺下去，很快睡着了。他做了一些美好的梦。

“灰句，我碰见米益了，她告诉我荒村人对你评价很高。”爹爹说。

“她是为了让爹爹高兴呢。”

“可这事总不会是空穴来风吧？”

“当然也不是空穴来风。我去荒村了，他们对我没有任何评价。”

“哦，让我想想——没有评价——这就是评价吧？”

“也许是。但谈不上很高吧？我还在成长呢。”

“我儿的进步令我高兴。你这是去山里吗？”

“是啊。好几天没去了，有些草会等得不耐烦了。”

“你说话的水平进步真快。”

灰句背着背篓经过村里时，那些人都望着他，而且眼神都很专注。灰句想，大概他们都认为我前途莫测？他自己也觉得自己前途莫测，可一想到那些阴影中的小草，视野立刻就开阔了。

“灰句，早去早回啊！”亿医生朝他鼓励地挥手。

一会儿他就爬到了半山腰，现在他浑身是劲，目光锐利。

在那条小溪旁边，他看见土黄连了，那么多！他卷起裤腿就下去挖。溪水中有一抹明亮的光，他的影子映在水中。他瞥了一眼，大吃一惊，那张脸并不是他自己的脸，是另外一个人。那人赞赏地向他竖大拇指，还露出牙朝他笑。灰句转身看身后，并没有发现任何人。难道水里面的这个人是这块地方的原住民？灰句忍不住也朝水里那人露出牙笑。他一边挖土黄连一边看那人，他看出那人在不断地朝后退，慢慢地就退到水的深处去了。现在水里面是一大片蓝天。

他没有将药草都挖完，起码还留下了一小半。他的目光在此流连，他要记住这个地方，下次，也就是明年再来挖。

有人在水中向他说话。

“您贵姓？”灰句问道。

“我是老陶，你听亿医生说起过我吗？”

“我听到过。您是一位受人尊敬的先辈。”

“刚才你挖药草时惊醒了我。这地方真美，不过我还是总想同人说说话。亿医生情绪怎么样？”

“好极了。陶爷爷，我下次来牛栏山还能同您说话吗？”

“下次？不，你不要这样想。好孩子，我是在最美的地方，这种地方不能搞约会，人们只能邂逅。喏，我们不是相遇了吗？我们愉快地谈论了我们共同的朋友。你高兴吗？”

“哈，我非常高兴！陶爷爷，我也祝您天天快乐！”

从什么地方飞来的小石子落入水中，灰句将它看作陶爷爷的信使。

他背着药草和二齿锄下山，一点都不感到累，他甚至哼起了山歌。

然而在经过断崖时，他又听到了陶爷爷的声音。

“多么想回到那棵梨树下同亿医生谈天说地啊！”

“您会的，陶爷爷。我保证。”

灰句真心相信这事会发生。

米益同她的病人

在葱爷爷的指导下，米益的药草种植成功了。荒村不断地有年轻人来她的药草山做义工，这让她一次又一次地吃惊。一切都好像是顺理成章似的。罗汉现在一天到晚喜滋滋的。

“米兰啊米兰，你妈成了赤脚郎中了！”他对儿子说。

“妈妈穿着鞋的嘛。”

“可她去那种地方时是打赤脚的。那里，你和我暂时都去不了。”

“我也打赤脚不就可以去了吗？”

“哈哈，哈哈，米兰，你这小鬼头！”他笑得合不拢嘴。

米益自己的诊所消费不了那么多草药。收获季节到来时，有三位穿黑衣戴草帽的人走进了米益的家。米益同他们三位坐在后面那间制药的房间里小声说话。他们似乎在商量某个计划。他们离开时每人背走了一大麻袋药草。其中一位还拍了拍米兰的小脑袋。

“他们是从蓝山来的。那位白芷姑娘的事业蒸蒸日上，她把所有的关节全打通了。”米益兴奋得脸都红了。

“她将什么样的关节打通了呢？”罗汉问。

“我不知道，我说的只是我的一种感觉。啊，今天我的心田里亮起了很多灯！世界上怎么会有白芷姑娘这样的人？”

“我也有同样的想法！”罗汉激动地说，“我常对自己说，米益是这世上的一个奇迹！”

“别瞎吹。你没见过这姑娘，你不知道她有多么不一般。”

“不管怎样，我们的药草派上了用场。那几位也是医学杂志的成员吗？我觉得一定是。”

他们俩说今天是个好日子，他们要去杨伯家庆祝庆祝。儿子米兰听了就欢呼起来，在房里疯跑着。

他们仨到达杨伯家时，杨伯正在厨房里忙。

厨房很大，被烟熏得很黑，半空中悬挂着熏鱼和熏肉，散发出好闻的气味。靠墙的水缸里养着两只龟，杨伯说那是他的宠物。米兰一进厨房就蹲在小水缸边上不动了。

“杨伯，我们有‘五粮液’酒！”罗汉说。

“你们刚一出门我就闻到了酒香。你们瞧，我不是在准备下酒菜吗？那几个人可不是一般的人，差不多可以称他们为山神了！二十多年前他们就常在这一带出没。那时米益还没长大呢。他们终于等到了这一天！秋天快来时我就在朝那条路上张望，我觉得他们一定会来。”

大家就在厨房里喝酒吃菜。米兰端着碗一直站在水缸边，他喂乌龟吃肉，但乌龟对熏肉不感兴趣，米兰很失望。

杨伯问罗汉有没有注意到一位黑衣人挂在胸前的徽章。罗汉说没有注意到。杨伯说挂徽章的那一位是他们当中的头脑，他的年纪应该有一百岁以上了，居然还可以到荒村来，让他十分吃惊。

“可他们全是中年人啊！”米益大声说。

“他们的年龄是看不出来的。这些隐居在蓝山的人总是显得很年轻。这三个人二十八年前就常来，那时他们就是这个样子。”杨伯高兴地喝了一口酒。

罗汉和米益听杨伯这么说，两人都有点神情恍惚。幸亏米兰在旁边兴奋地尖叫，他俩才清醒过来。

“我也看他们的医学杂志，那里面有一些深奥的思想。其实那份杂志是单独一个人办的，给人的感觉却像有一个庞大的编辑部。”

米益喝得很少，她不太会喝酒。但不知为什么，今天她不断地坠入“醉”的状态中。有一刻，当她回忆起三名黑衣人的声音和笑貌时，她竟然惊出了一身冷汗。她的事业已到了生死关头，她老觉得自己会犯下致命的错误。那位首领神情严峻地嗅着她的那些药草，他甚至皱了皱眉头，谁知道他是不是对她米益十分不满？

杨伯同罗汉碰杯，他那潮湿的眼里闪着亮光。

“为我们的米益干杯！百岁老人来访问了她，必有好运来临。以前我们荒村没有标志，是米益和罗汉为它树立了标志，所以百岁老人就下山了。这件事多么值得庆贺啊！”

“杨——杨伯，您认为他们几位是在蓝山上看见了我们的药草、药草山？”米益红着脸结结巴巴地说。

“那还用说，事情总是这样的。这边同那边总是相通的，信息从地下、从空中来来往往。”

“可是药草的效用还没有得到验证啊。”

“他们是老手，他们只要看一眼就证实了。”

“天哪。”米益喃喃地说，“我很冷，我要回家了。”

米益走到了大门口还听见杨伯在说：

“米益还没有习惯她的新环境呢。版图改变得太快了。”

米兰骑在罗汉的肩头，欢喜地叫着：

“看月亮！看月亮……”

米益抬起头，眼前黑黑的。她为什么看不见月亮？

“一切都会平平安安，顺顺溜溜……”罗汉安慰她说。

“他们和我们……”米益茫然地咕噜道，“罗汉，我们这一次成功的希望大吗？”

“我们已经成功了，米益，杨伯同蓝山的人是相通的，我觉得他是他们当中的一位成员。”

“你说得有道理。看来杨伯同他们一直有来往。可我心里为什么这么不安呢？我老觉得要出事。”

“现在是变革快来的时候，这个时候总是这样的吧。米益，你看那团磷火，它总是不远不近地尾随着我们。”

“啊，那是老站长！老站长把我看作接班人了！”

那一夜，米益却睡得特别安稳。老站长给了她勇气，她的心窝里暖洋洋的，她感到无论什么样的形势她都可以面对了。

她在梦中为病人配了好几服中草药药方，对自己相当满意。

天刚亮杨伯就在窗外将罗汉和米益叫醒了。

“出事了吗？出事了……”米益紧张地说。

“不，应该是好事情。”罗汉回答。

他们打开门让杨伯进屋。

“有贵客要来，我老头子就睡不着了！我来报喜，让你们尽早高兴高兴！他们现在已经走到龙王港了，还有半个小时就进村了！”

“是昨天来的那几个人吗？”米益问道。

“是啊，除了那几位，还来了一位姑娘呢。”

“白芷，白芷！！罗汉，白芷姑娘要来了！”

“瞧，我们变得多么强大了啊！”罗汉说。

米兰从里屋揉着眼睛出来了，他摇着米益的手臂说：

“乌龟，我的乌龟。”

杨伯将乌龟递到米兰手里，米兰立刻用小脸贴着它的背。

“瞧你的儿子，”杨伯对米益说，“他天生同蓝山有亲缘关系。这龟是从蓝山来的，它们一共两只，爬到我家里就住下了。”

“太好了，太好了……”米益噙着泪说，“他们会来我家吗？”

“今天不会。今天他们是来接那位老站长的，我们可以在远处观望。”

“老站长！啊，我多么激动啊！”

“你们听，他们进村了。可是他们不走大路，他们走地道，因为白天里老站长总在下面。”

“太好了，太好了……”米益呻吟似的说，“他们早就该来将亲爱的老站长接走了。老站长啊……”

坐在家中，米益和罗汉果然看见了那一行人。他们在地道里摸索着，激动地交谈着。有人划燃了一根火柴，划火柴的人正是老站长，米益认出了他，她眼泪直流。

“米益，你的好日子来了。”杨伯低声说道。

米益使劲地点头。

那一行人渐渐远去了。

“我为什么伤感？我不应该这么伤感！”米益大声说，“我们的事业是存在的，它还在壮大！”

“好样的，米益！我要回家了，我回去再喝一杯庆祝一下。龟啊龟，你同米兰一块呆半天吧，我下午来接你。”

杨伯心满意足地回家了。

“米益啊，我心里欢喜。”罗汉说。

“我们正在走运呢。”米益说。

米益还没有正式挂牌开诊所，病人就找到她家里来了。

他是一位五十多岁的男人，面相苍老。他低头坐在桌边。

“我是被历史潮流甩下来的小丑，希望中草药能安定我的灵魂。”

“中草药刚好是起这种作用的。”米益说。

米益的心悸动了一下。她听出了他话里的那种熟悉的语调。真没想到，她的第一个病人对中草药有这种期望。这件事发生在几千年以前吗？抑或世界就是如此构成的？米益告诉他，她目前还不能独立行医，但她懂得一些药草的性能，她可以给他一点药草试一试。她还说如果无效的话，她建议他去找云村的亿医生。

“您一定听说过亿医生吧？”米益说。

“当然听说过。可我想，我是荒村人，应该去找我们荒村的医生。最早的医生不就是因为病人去找他们而成了医生吗？”

“灵叔啊，叫我怎么感谢您？您给这里带来了希望，一切好事情都从今天开始了。您稍等，我这就去给您拿药。”

她走到里屋，拿了一些草药粉剂出来。

灵叔将自己的鼻尖凑到草药粉剂上。

“令人心醉神迷的药草。我的病已经好了一半。”

看着灵叔的身影消失在雨雾中，米益对罗汉说：

“中草药果然有脚啊，它们自动地走进了人们的生活。”

“在药草生长期间，他常来山上观察。”罗汉记起了这事。

“这就是赤脚医生同城里的医生的区别吗？”

“是啊，这意味着你们必须强迫自己无师自通。”

米益暗想，无师自通，她通了吗？某个瞬间她似乎有通了的感觉，但大部分时间她又感到自己在求医的路上是个盲人。她只能摸索，可她还没有摸索到主要的经络。今天蓝山的长辈们来过了，这并不说明她在医学方面有天分，他们很可能是来此地另有任务。

她追随亿医生所从事的这种医学（如果可以称之为医学的话）是怎么回事呢？仅仅是如罗汉所说的需要通过自学来掌握的某种民间技艺吗？当然罗汉并不是这个意思，罗汉对她所从事的工作评价极高，她甚至认为他言过其实。米益已经体验到，这种工作的确是种技艺，一种古老的、几乎要失传了的技艺，只有一小批人还在坚持着要发挥它的作用。最为蹊跷的是，起核心作用的是那些植物，它们在沉默中以各式表情向人们传达信息，从未有过丝毫懈怠。她听说过火山喷发的故事，她脑海中萦绕着这样的念头：几千年里头，药草和人们是如何发展他们之间的困难的关系的？现在这种关系是否需要一种突破？她感到这位灵叔已经知道了某些蛛丝马迹。他来找她，不是为了治病，却是为了谈论。

“灵叔有点像一位先知吧？”罗汉说。

“嗯，我也这样觉得。他是荒村人？”

“地道的荒村人。”

“罗汉，我第一次来荒村时，看见远处的石头山包上卧着一只老虎。当时我没对你说，因为我想那也许是幻觉。不过啊，那个印象刻在我心底了。有点吓人的猛兽，那么美丽。”

“你后来生出学医的决心，同那只虎应该有关系。”

“荒村是藏龙卧虎之地嘛，年纪大一点的人都有点像先知。”

这一刻，米益感到自己非常幸运。她同罗汉自由恋爱，她嫁到了荒村。然后有一天她忽然萌生了学医的念头。这一切都像是预先有种策划似的，并且这个不起眼的荒村，她现在看出来在它里面大有可为。荒村人都有伪装的面孔，伪装下面藏着古老的本能。也许杨伯啦，灵叔啦这些荒村人同蓝山，也同云村一直就有频繁的联系，只是她以前没注意到而已。蓝山是他们的这种特殊医学的发源地吗？好像是。医学杂志就是来自于那里。这本封面朴素的小小的杂志，改变过多少人的命运！亿医生，她自己，还有灰句和白芷，他们大家对这本杂志的痴迷绝不是没来由的。从一开始，她就感到杂志上承载着的那些信息是从某个黑暗之地发出来的。说不定就在蓝山的山肚里有一个神秘的编辑部和印刷厂。

“表姐来了。”罗汉说。

米兰扑到表姐身上。两人闹腾了一会，表姐坐了下来。

“亿医生要我告诉米益，她的药草山获得了大奖——是行业内的。”

“多么美妙！”罗汉惊叹道。

“这种奖只是个荣誉，没有奖杯奖牌，也没有金钱方面的表示。”

“太好了！”米益说，“因为是行业内的奖啊！表姐表姐，我多么自豪啊！我从小到大还没有这么自豪过呢！”

“我们这就去山上吧！”表姐提议。

于是他们都来到了药草山。

小山包又变得光秃秃的，因为已经收获过了。杨伯坐在山上抽烟，他的旁边是灵叔和葱爷爷。

“米益啊，我们都在这里为你庆祝呢。”杨伯说。

他说着就将手中的乌龟交给米兰，说是奖励他和他爹妈的。

“杨伯，我们对您有说不尽的感激。”米益说。

米兰在同乌龟玩。

所有人的表情都变得很严肃了，因为大家都听到了空中的呼啸声。每个人都将脸转向蓝山所在的方向。那呼啸声绕小山包转了一圈，马上又远去了。葱爷爷点着头，连声说：“好，好啊……”

“葱爷爷，您看见谁了？”米益紧张地问。

“还能是谁，中草药之父——林宝光医师啊。”他闭着眼回答。

米益记起白芷姑娘去寻找的那位老医师就叫林宝光。她伸长了脖子瞭望远方，她感到自己正站在浮桥上，一只手紧紧抓住丈夫罗汉。

“林宝光医师是这一带的奇人。”杨伯也闭着眼说话。

他们这一群人在半山腰坐了好久，感受着周围的气场渐渐增强，随后又渐渐息下去。过了好久，才一个个像从惊梦中醒来了一样。

葱爷爷首先站起来离开，口里唠叨着：“不像话，不像话……”他很快就走远了。

“他说自己不像话。”杨伯解释道，“他老认为自己领会不了林宝光老医师向这边发出的信号。其实我也不能完全领会，谁又能完全领会？”

杨伯想了想又说：

“他是类似山神的人物嘛。”

米益觉得这些话特别刺激，她的脸涨得通红。

“真想见见林宝光老医师啊。”她喃喃地说。

“根据我得到的信息，白芷姑娘已经和他联系上了。当然她不可能同他见面，他们被分隔两地……”

杨伯说这些话时似乎有点犹疑。现在每个人都压低了声音，一边谈论刚发生的事一边往山下走。空中已经没有呼啸声了，山肚里却又闹腾起来。大家都听到了那些喧闹——人和兽的叫声与喊声夹杂在一起。只有小米兰喜不自禁，因为他的宝贝乌龟一听到山肚里的喧闹声立刻变得安安静静了，大概它也在倾听。

米益的第二位患者患的是偏头痛。她大约三十岁，长着一副好看的娃娃脸。她似乎并不在乎要不要治好她的病。她是一位善于观察分析、经验丰富的患者。她这样讲述自己的病史：

“病来如山倒，病去如抽丝。生活啊。”

米益问她是否写诗，她摇摇头。于是米益走进里屋，拿出一包草药粉剂交给她。这位名叫梅苹的患者笑逐颜开。

“这药治不好你的病，但你吃下去会觉得舒服。”米益说。

“好极了。我想要的就是这个效果。我没有病，对不对？实情是：我没有病，我的病都是我自己要来的。草药会将实情告诉我。”

“你是个了不起的人，今后我要向你好好学习。为什么你不学医？”

梅苹听了米益的话就看着她的脸，看了好一会，最后说：

“可能是因为我不够坚强吧，我更愿意当患者。米益医生，您不觉得这样也很好吗？”

“亲爱的梅苹，荒村有你这样的患者是我的幸福。我甚至觉得——我觉得是你在指导我行医。对，就是这样。”

“您的药草山在好长时间里让我欣喜若狂。我的窗户正对着您的山，即使在白天，药草也在对我讲述那些同疾病有关的事。”

她俩依依不舍地分手。米益暗想，这位朋友真正懂得药草，她不久就会再来，她和她会终生交往下去。

梅苹一走出米益家的院子，米益就开始想念她了。“良师益友啊。”米益叹道。这位女患者，对于疾病，对于药草的理解是如此的老到，米益感到自己追不上她的思路。好几年以前，在一片竹林后面的小院里，米益看见还是年轻姑娘的梅苹在侍弄几种常见的药草。梅苹脸色苍白，身体显得有些弱，但一点也不忧郁。她说自己小时候得过脑膜炎。

“我本不该死，对吧？我拼命挣扎，活了过来。这几样药草，我觉得它们总在竭尽全力帮我。我体力差，只能栽种这几样。”

米益回忆起这事，觉得自己那时完全没听懂她的话。后来梅苹还搬出小竹椅同她并排坐下，抚着她的头发轻声在她耳边说：

“这些头发里满含着生猛的活力。”

米益认为这位姑娘有点怪怪的，就有意识地疏远了她。现在回想起来，她一点都不怪。她之所以那样想，是因为自己幼稚，不懂得她。经过了这么多年之后，她不是找上门来了吗？这位女子对于人间万物有种精深的理解，她谈论疾病的方式多么独特啊。

现在，米益感到自己体内的活力确实被调动起来了，也确实有股生猛的劲头。可当年发现这一点的却是这位梅苹姑娘，是她嗅出了同类的气味，米益对她充满了敬意。她同时也感到，这个她在其间生活了多年的荒村，正在向她一扇扇地打开一些秘密的门，门的那边有着她长期渴望的风景。为什么她从前看不见这些门？她虽然看不见，它们却在那些隐蔽的处所静静地等待她来发现。

“梅苹其实是我的医生。我一直有病。”她对罗汉说。

“不如说她是你的知音吧。她还没来找你时我就感到了这一点。”

“瞧我有多么迟钝。看来我是最后觉悟的啊。”

米益走到院子外面，站在路中间。西风用力吹着她的短发，梅苹的声音顺风吹进她的耳朵里：“米益，米益，我是患者，您是我的医生……米益啊……”

米益用双手做成喇叭状，大声喊道：

“梅苹，你等等我啊！！！”

她一共喊了三次，喊完后觉得身体里面轻松了好多。她的目光扫视荒村，她仿佛看见暗处有一张那样的门，正缓缓地打开。

有人将手放在她的肩上，是罗汉。

“蓝山来的那只龟，米兰连睡觉都不愿同它分开。”他说。

“所有的人，其实都从来没有分开过，对吗？”米益迷惑地问。

“我也正在想这件事。原来有很多人早就盼望你成为医生，我以前却一点儿也不知道！”罗汉懊悔地说。

他俩同时看见灰句从右边那条路走过去了，小伙子容光焕发，简直就像变了个人似的。米益记起不久前他的那次来访，还有她让他扑空的设计。那也是葱爷爷的主意。现在，她为他的成熟感到由衷的高兴。她和灰句所做的这份工作，将他们的人生完全改变了。她听人说，灰句如今成了个热心肠的青年，常同村里人眉飞色舞地谈药草。不知道他同小勺姑娘恢复了关系没有？

灰句是走到杨伯身边去，杨伯坐在路边的大石头上等他，米益看见他俩正在热烈地谈论着什么。“所有的人……”米益喃喃地说，说完之后她就看见了敞开的门。

那天来的是一位恶性肿瘤患者，瘤子长在脑袋里。

“偶尔也会觉得没有活下去的愿望了。”他说，“不过缓解的时候又不想死了。我就总是处在这种循环中。有一天我忽然明白了我的病。米益医生，在您眼中，我是不是看上去很坦然？”

他说话时，米益一直在赞同地点头。他最后的提问让米益心中升起了敬佩。她暗想，区叔叔听到了大自然的脉搏。

“区叔，我觉得没有比您更坦然的患者了。您不需要抗癌的药，我从您的眼神看出来，癌就是藏在您体内的一位老朋友。不过也许您希望我给您一点药草，作为芳香剂，使得您在老朋友的眼里更有魅力？”

“米益医生，我早看出来了，您是我的知音。给我芳香剂吧，让我活得更像个男子汉吧。在刮西风的夜里，我无数次地请求过老天爷照顾您的药草山。因为那小山里有我们荒村人返回从前的家园的通道啊。”

“区叔，您心明眼亮，您是一位真正的男子汉。因为您做出了榜样，让我们对自己的生活更有信心……”她激动得说不下去了。

区叔的脸忽然扭歪了。他镇定地站起身，拿了米益给他的草药，一瘸一拐地向外走去。米益不放心，将他送到大路上，目送他慢慢地往自己家里走去，直到他进了屋，她才回到家中。

坐在那把木椅上，米益开始想象区叔的生活。她轻轻地说出来了：“荒村人多么了不起！怎么能不爱这样的人？”于是爱的潮水开始在她心中翻腾，她自己也听到了大自然的脉搏。是因为有这样的病人，她才成了赤脚医生的。那么，为什么会有这样的病人？因为某种伟大的激情啊。

她开始在房里走来走去，在想象中同她的伟大的病人对话。他俩说话时，西风在他们之间呼呼地吹，有点微微的伤感，但更多的是豪情，还有相互理解的温暖。从前她没有做医生的时候，对区叔有很大的误解，那时她心中对他充满了怜悯，而且私下里认为他已经是一个废人。现在他就像一面镜子，照出了她米益的浅薄。短短的半个小时里，区叔在米益眼中成了荒村的美男子。要为他减轻疼痛的欲望煎熬着米益的心，她打算明天去亿医生那里取些吗啡。

“罗汉，你说说看，年轻时的区叔是什么模样？”

“他是有名的大力士，可以举起石磨。”罗汉说。

“他现在的力气更大了，癌症锤炼了他的意志。”

“我在这里看着他离开，那背影让我震惊。他是顶天立地的人。”

“罗汉，你手里拿着什么？”

“吗啡啊。我上午去取来的。”罗汉神情严肃。

“快，我俩一块上他家去。”

从区叔家回来的路上，他俩看到了天庭里的异象。那些云都变得像血一样红，西边在闪电。

“活下去，为所爱的人和那些景物活到最后一刻……”米益悄声说。

“我们这就约定了。”罗汉紧紧地搂着妻子说。

米益侧耳细听，她听见从蓝山那个方向传来了悠长的钟声。她想，那些人，他们得到了信息，知道荒村有一位勇士正在搏斗。啊，这种沟通和传递是多么回肠荡气啊！最后一声钟声沉寂下去时，米益听到区叔家的门吱呀一响。他一直在听！

罗汉也听到了，他俩感到莫大的安慰。

杨伯一出现米益就啜泣起来了。

“不要哭。”杨伯拍拍她的背，“这是庄严的时刻啊。”

“您说得对。”米益止住了哭。

小勺和灰句

灰句背着一竹篓药草和二齿锄低头往家里走。路上有一个人站在那里，挡住了他的路。是小勺。小勺指指手里的篮子，那里面放满了一种叫“景天三七”的药草。

“你在哪里采的？这一种不常见。”灰句问。

“在我家里那边。我见你老往山里跑，就也开始动心了。”

“这正是我们需要的，亿医生会很高兴。谢谢你啊。我在山上老听到有人叫我，却原来是你来了。那么，你打定主意了？”

“先做做看吧，采药挺有趣的。”

“我的天！小勺，我爱你！！！”

“嘘，那边有人望着我们呢。”

“我不管！小勺，到家里去吧！”

他俩一块回到了灰句的家。

灰句的妈妈给大家做了红烧鱼和土豆炖牛肉，大家都喝了酒。

晚上，灰句让小勺讲一讲她采药的经历，小勺说她讲不好。

“我脑子不太清醒。我以前很少上山，所以独自上山让我害怕。一害怕，什么都记不得了。幸亏这些景天三七在岩石上向我拼命点头。我小的时候，村里有一个人给我看过这种药草，还介绍过它们的用途呢。那时我挺感兴趣的，后来我就忘了。好，我看见它们了，那么多，我就采了一些，晕晕乎乎地下山了。灰句，我这是怎么回事？”

“你晕晕乎乎，因为你正经历你人生中的大转变。”灰句肯定地说。

“但是我感觉真好。我和你走近了。啊，我们那座山！为什么我以前不多到山里走走？我一定是有问题。我从前是个问题青年，你看出来了吧？”

“问题青年？好啊！明天咱俩一块上牛栏山。你刚才说你小时候村里有一个人让你观察药草，你还记得她的样子吗？”

“那个人好像不是我们村的……她的样子？让我想想，啊，她面貌模糊……也许，每个人都有点像她。”

小勺陷入回忆之中，她的样子好像是走在悬崖上，她紧紧地握着灰句的手，嘴唇发抖。

“小勺！小勺！”灰句轻轻地摇晃她的手臂。

灰句感到小勺正在经受考验，也许她在冰川上？于是他牵着她到衣柜那里，拿出一床毯子，将她裹了起来。

小勺倒在床上，她的声音闷闷地从毯子里传出来：

“灰句，我走了很远的路，我要休息了，谢谢你。”

灰句替她脱了鞋，将她盖好。

他激动地大口喘气，然后到卫生间洗了个冷水澡。

当他走进饭厅时，爹爹也进来了。

“灰句可以结婚了。”爹爹和蔼地说。

“她现在比我懂得还多！”灰句心里充满了幸福。

“你们俩会各显神通。”

爹爹邀灰句去外面走走。他俩来到了禾坪里。星星已经出来了。

“灰句，你听，云村今夜特别高兴。”

“也许是因为浪子回头？我听见有些老人在周围说话。”

“是几个老祖宗，每回发生了大的变故，他们就要议论。灰句，我们到黄坡去看看吧，你好久都没去那边了。”

灰句和爹爹在田塍上走，走了好一会才拐弯来到了黄坡。那是一片荒坡，坡上满是乱石，草木不生。灰句不知爹爹为什么要同他到这里来。这时一阵狂风吹来，灰句差点跌倒了。

“在这里坐下吧。”爹爹朝他拍了拍那块凸出地面的岩石。

坐下来之后，灰句就感到四周变得无比寂静了，他甚至听见了爹爹的心跳。他想，这不起眼的黄坡也许是一个重要的地方。这时爹爹指着远处的几个人影要他注意。

“云村的人喜欢结伴偷偷到黄坡来。黄坡是寂静的地方，这些人想向它提问题，而它对那些问题的回答是沉默。可能人们喜欢它回答问题的风度，所以才乐此不疲地往这里来。他们偷偷来，因为他们不愿破坏这里的寂静。你注意过这种情况吗？”

“没有。我以前从不注意我生活的环境。我冷冷淡淡地过日子，您是知道我的。”灰句不好意思地说，“我刚才已经向黄坡提了个问题，我觉得它已经答复了我。”

“太好了。我们走吧，将这福地让给那几位圣徒。”

父子俩缓缓地走下坡去。他们看见那几个人影在远处潜行，一律猫着腰，远看就像几只黑熊。

“你刚才提的问题同小勺有关吧？”

“爹爹总是猜得透我的心思。”

“爹爹同灰句一样幸福，还有你妈也是。”

“我总是没有把握，我做梦也没想到事情会这样发展。”

“你今后要常来黄坡。”

灰句和小勺是从牛栏山的北面上山的，因为灰句说要走一条没走过的新路来开始他俩的新生活。以往他总是从南面上山。

他一路上告诉小勺如何辨认那些常见的药草，像野麦冬啦，紫参啦，铃兰啦，等等。他一边采集一边绘声绘色地解说，他感到自己的眼睛变得雪亮了。每发现一种药草，小勺就双手合十，闭上眼，说：“哦！”这成了她的一种仪式。

“你将它们拔出来时，我听见它们在欢乐地尖叫。”她说。

“大概因为要走进人类的圈子里去了，它们感到幸运吧。”

“灰句，我现在有点崇拜你了，你什么都懂。”

“你崇拜错人了，我什么都不懂。只有亿医生，还有米益她们，才什么都懂。当然，我爹爹也懂得很多。我还不如你懂得多呢。”

小勺让灰句看那棵大树，灰句看见了那条蛇。先前它不是被他捣烂了吗？怎么身上光溜溜的？它分明就是那同一条，他记得它的眼神。

灰句要小勺向蛇精问好。

“蛇精，您好，我们看您来了。”小勺大方地说。

蟒蛇看着女孩，显得十分友好。

两人绕过那株大树后，灰句就看见了水晶花。这种久违了的美丽的药草让灰句的呼吸变得急促了。他俩小心翼翼地采摘，各采了一大把。“真美，真痛快！”小勺小声说。

“却原来蛇精在为我们指路。”灰句一下子想了起来。

“我喜欢蛇精，它就像我的家人。”

“谢谢你，小勺。”

灰句说带小勺去那条溪边看看，说不定有意外的收获。

他们向上爬了一会儿，小勺忽然停下了。她说有人叫她。

灰句仔细听了听，的确有个模模糊糊的声音顺风传来。那声音像是叫小勺，又像是风的呼啸。小勺显得很紧张，口里说着什么。

“小勺，你在说什么？”

“是她，是她啊。”

“谁？”

“从前让我看药草的那个人。”

然而那个人走近了。她是云村的村民玉嫂，她挑着一担柴。

她放下担子，笑着对他俩说：

“我老远就看见你们了。今天牛栏山特别高兴，因为来了新客人。”

“谢谢玉嫂。”小勺说，“您在那边碰见了谁吗？”

“咦，小勺是怎么知道的？我的确遇见了一个很久以前的朋友。大家传说她患淋巴癌去世了，可她却在溪水中出现了，还冲我笑。她是一位富有经验的药农，专事栽培中草药。小勺你冷吗？你好像脸色不对啊。”

“不，我是激动，因为您遇见了她。我今天太激动了。”

他俩同玉嫂分手后就再也没采到药草了。小勺始终处于恍惚的状态，隔一会儿又说一声“啊”。

“我慢慢想起她的样子来了。我是怎么把她给忘了的呢？真蹊跷啊。她其实从来没离开过我，对吧？”

“其实你一直在找她，通过弯弯曲曲的路径，不知不觉地找。”

灰句肯定地对小勺说，说了之后脸上就开始发烧。忽然，他也变得恍恍惚惚的了。他俩好像都忘记了对方的存在，各走各的，眼看就要走散了。这时灰句听见小勺叫了一声，他立刻清醒了。

小勺指着墓地边那巨大的灵芝菌，声音颤抖地问：

“它是谁？”

灰句笑嘻嘻地说：

“小勺真有福气，它是为你长出来的。我们正好要用它来治病！”

灰句跪在地上，小心翼翼地采摘了灵芝菌，放进竹篓里。他说有一个康复的病人会用得着，还说小勺是一颗福星，牛栏山一定是对她十分满意，要不怎么送给她这么贵重的礼物！

他俩一下子变得神清气爽，欢欢喜喜地下山了。但小勺老不放心，隔一会就要看一下灰句背上的竹篓，她担心那灵芝菌会飞走。她口里不停地说：“不是梦，不是梦啊。”

“当然不是梦！”灰句大声宣布。

灰句终于有机会帮葱爷爷扎银针了。他还让小勺站在旁边学习。

在灰句家后面那间房里，葱爷爷躺好了，灰句要为他扎“命门”穴。

“那个地方你上次已经去过了，熟门熟路的，只管扎吧。”葱爷爷说。

他这样一说，灰句立刻产生了一种熟悉的感觉，就像他上次在荒村迷路的感觉一样：有点兴奋，又有点惶恐。他看见小勺在用眼神鼓励他，就鼓起勇气下针了。

“啊，这不是回家了吗？灰句好样的！”葱爷爷又说，“不要犹豫，你总有你的道理嘛，因为你是灰句嘛。”

因为有泪涌出来，灰句连忙用衣袖擦了一下眼睛。

虽然针是扎在葱爷爷的身上，灰句自己却有被电着了的感觉，他几乎完全麻木了。当他终于恢复了神志时，他发觉小勺已经不见了。

葱爷爷带着身上那根针坐起来了，灰句去拦他都没来得及。灰句紧张地看着神情自如的老人，不知怎么办才好。

“你不要紧张，”葱爷爷一边穿上衣服一边说，“我扎过银针，银针是我的老朋友，它在我体内一点儿都不妨碍我。”

“可是我应该将它拔出来啊。”灰句恳求道。

“不，不要拔出。它在我里面好得很，现在我的腰已经不痛了，我要去干活了。”

他说着就走出门去。他的样子令灰句百思不得其解。这时小勺从柜子后面出来了。

“你干吗躲起来了啊？”灰句问她。

“我害怕。葱爷爷趁你不注意拿了一根最长的银针扎进了他身上的‘环跳’穴位，他的动作特别熟练！但我看了头晕，站都站不稳了，于是我就躲起来了。刚才我一直在琢磨：这银针疗法究竟是怎么回事呢？灰句，你能告诉我吗？”

“我不知道，我是个新手……人的全身布满了穴位，银针不论哪里都能去……银针不但向被扎的病人放电，也向旁边的人放电……瞧我在胡说八道些什么啊。小勺，你不要听我的。”

“可我觉得你说得真好。灰句，我刚才一定是被电着了，要不我的左脸怎么会发麻？真神奇！”

小勺兴奋得一脸通红，她提议灰句帮她扎一针，就扎“肩井”穴，因为她的肩膀有时会痛。

灰句将银针消了毒，扎进小勺的“肩井”穴。

小勺长长地打了一个哈欠，说：“醒来了。”

灰句问她有什么感觉，她又说：“醒来了。”

小勺记起了那位药农的样子。她想，原来她是这个样子啊，以前她看不清她，是因为她老在沉睡。银针一进入体内，她就醒来了，于是看见了她。实际上，她总在那里的，在地里忙碌，那些药草贴着她的身体，显得那么沉醉。她冲口喊了出来：

“qiu 姨，qiu 姨，我看见您了！”

她身上带着那根针跑向屋外，她的目光在周围到处搜寻。

灰句为她高兴：她变得多么有勇气了啊！他终于明白了一件事，那就是小勺也同他一样，从小就被人庇护着。要不她怎么会跑到云村来找他灰句？他俩又怎么会一见钟情？

灰句想为小勺拔出银针，但小勺使劲摇头。

“不，我太舒服了，我现在还不想拔！ qiu 姨，让我再看您一眼吧！啊，你把它拔掉了，你真狠心！”

小勺流下了眼泪，她责备灰句不让她看清那个影像。

“她总在那里的，”灰句安慰她说，“明天我们还可以见到她。”

“你能保证？”

“我保证。你明天一定会见到亲爱的 qiu 姨。”

他俩相拥着回到屋里。小勺向灰句耳语道：

“你不觉得 qiu 姨其实就是葱爷爷吗 ？做这种工作的人有好几副面孔呢。”

“你说的是药农的工作？”

“是啊。他们都是通灵的人。还有亿医生也是。我要去向亿医生道歉，你觉得她会原谅我吗？”

“她早就原谅你了。她一直催我同你和好。”

“真的？怎么会这样？”

“因为她不是像你我这样的一般人，她通灵嘛。”

“我有点明白了，灰句。人群里面总有那么一个通灵的人，这个人慢慢地影响大家，大家就慢慢地随着这个人改变。”

“小勺真聪明。”

“我心里多么舒畅啊 ！可是以前我心里总有鬼，总忍不住搞阴谋，干坏事。我觉得亿医生不该原谅我。”

“可她早就原谅了。”

“我——我要拼命工作。”

“谢谢你，小勺。你瞧，有人来看你了。”

那人的脸出现在窗户那里，她是一位很瘦的中年女子。

“你是 qiu 姨吗？我是小勺啊。您快进屋里来吧。”

中年女子摇摇头，忧郁地笑了笑。

小勺对灰句耳语道：

“qiu 姨对我失望了，她白培养我了。我这二十多年都干了些什么啊！”

灰句提高嗓门说：

“小勺的能量大得很！她只要醒过来了，就会干大事，谁都挡不住她！”

灰句的话音一落，qiu 姨就消失了。

但小勺还是对着窗玻璃发呆。过了一会儿，她听见灰句邀她去药草园，就站起来跟他走。

外面很黑，没有月光，灰句用手电照路。小勺说她害怕，灰句就紧紧地搂着她向前走。远远地，小勺看见亿医生家里亮着灯，可是除了那盏灯和那栋房子的轮廓外，其他的事物都看不见了。她感觉到自己在被灰句拖着走，总也走不到那房子的近处。

不知过了多久，小勺听到灰句咕哝了一句：“我们到了。”

“你是说药草园吗？”她问。

“是啊。”灰句回答，“亿医生在家里研究医学。”

“可我看不见药草啊，这不是一块沙土吗？我抓到了沙子。”

“可能只是对于新手来说是这样吧。对于他们来说，药草并不总是用眼睛看得到的，尤其在夜里。”灰句平静地告诉小勺。

“我们回去吧，免得吵着了亿医生。我现在感到我有点崇拜亿医生了。我要好好练习自己的眼力。”

小勺被灰句搂着往回走时，仍然只看得见那盏灯和那栋房子的轮廓。但是慢慢地，她开始隐隐约约地闻到药草的异香，那香味一阵一阵地随风飘来。她情不自禁地说：“我真想死在一个这样的夜晚啊。”灰句就责备她，说这么年轻，还没为这世界做点什么，不该就想到死。于是小勺请灰句原谅她，说自己“惭愧得不行”。

“亿医生正看着我们呢。”灰句说。

小勺一抬眼，看见那盏灯黑了。她虽看不见亿医生，却分明感到她在看自己，同时也感到肩上的“肩井”穴悸动了一下，一股暖流直冲脑海。

枯木逢春的站长

站长并没有去世，他又活过来了。他将这种情况称为“死灰复燃”。“我的寿还没有尽，”他对自己说，“我的学生们需要我活着，只为某种念想。”他回想起近日见到的葵，不由得微笑了一下。

最近他总是在云村的附近游荡，他看得见别人，别人看不见他。这是因为酒精稀释了他的肉体，他成了影子。他最喜爱的学生在云村，他禁不住要到这里来。前几天又无意中发现他的另一位久违了的学生也在这里，这更提升了他的生存的意志。他的病出乎意料地有了好转。

“葵！葵！！”他努力提高了嗓门喊道。

但是葵听不见他的声音，她也看不见他。她正往她的诊所走，手里提着集市上买的蔬菜。同她一块走的男子说：

“这里怎么闹哄哄的？”

葵立刻安慰那男的说：

“这是风，不要管它。我们快回去。”

站长停住了脚步，心里想，葵变得多么体贴人了啊！是她的职业把她训练成这样了。她的那间诊室里病人总是很多，她成了一位真正的良医了。站长以为葵死了，但她却好好地活着，而且活得精彩。虽然别人看不见他，站长的脸还是红了。他羞愧。他对着空中说道：

“我一定要——”

到了夜里，站长就蜷缩在圆有西大妈那间披屋里，那里面放满了春秀晒干了的药草，居然还有一张空床。“她一定料到了我夜间会来这里休息，她是个为别人操心的人。”站长这样想道。

站长在药草当中躺下来，思索他在云村的所见所闻。各式各样的香味刺激着他的脑力，他的躯体开始发动，他又有了飞跃的冲动。

“我在这里呢，”他和蔼地对着那扇窗户说，“你们只管往前奔吧，不要有一点犹疑。春秀，你不是同蓝山那边的人接上头了吗？这就相当于给你吃了定心丸了。还有葵，你现在变成多么沉着的女人了啊，我为你的风度所倾倒……”

他的思路断了，因为有人推门进来了。那人站在那里不动。

“您是亿医生派来的吗？”女人发出困惑的声音。

“亿医生从前是我的学生。”站长回答说。

“啊，您多么幸运！不，我的意思是，你们俩多么幸运！还有我，因为我碰巧住在云村，就成了幸运的人。我说不下去了，我真想咬掉自己的舌头！我从前是个瞎子……”

“请问您的姓名？”

“您别问了，我是死去的圆有西大妈的儿媳。亿医生给了我女儿第二次生命……刚才我说到哪里了？”

“您说到您热爱亿医生，对吧？”

“我真想为她献身！”

“为什么要献身？她不需要这个，她深深地爱您。”

“真的吗？”

“当然是真的。我常听她说起您，她说圆有西大妈的儿媳是情感最丰富的人。”

“啊，我站不稳了，我要走了。”

她忽然就消失了。

睡到半夜，站长醒了，他听到有人叹气。

月光下，一名青年男子坐在石凳上。

“你坐在这里，是因为想念亿医生吗？”站长问他。

“是啊，每天离开她后，我心里总发慌。您是谁？我看不见您，只看见一团光。您是那位老师吗？大家常说起您。我的名字叫灰句。”

“灰句，这个名字好。可你究竟为什么心里发慌？”

“因为我的妻子的情绪太不稳定。她有时有生活目标，有时又失去了生活目标。她失去目标时就变成另外一个人了。所以我总心慌。”

“原来这样。所以这种心慌里面也有幸福。你追求一种自由的生活，你和你妻子定下的目标很高，对吗？”

“太对了！老师，当我将脸向着您时，我觉得我已经找到答案了。谢谢您，我也替我妻子谢谢您。”

灰句激动地站起来，张开双臂拥抱了那团光晕。他流下了幸福的眼泪。他这辈子还从来没有拥抱过一团光晕呢。这可是非同寻常的。

他在回家的路上感到那团光一直照着他的背部。

站长也非常激动，他听见那些药草在黑暗中簌簌地响个不停，它们显然也处于不安之中。“多么美的夜晚啊。”他说，“却原来我还可以对别人有用。”想到他最爱的学生成了云村的了不起的人物，心里就升起温暖的自豪感。

黎明前，各式各样的鸟叫又唤醒了站长。站长出去找那些鸟儿，沿着那条路走，一直走到山里去了。当时亿嫂站在家门口看见了他，她感到那团小光在山上一摇一摆的，似乎沉浸于某种意境之中，于是就欣慰地笑了。她在心里唤道：“老师！老师……”

站长进山不久就看见了林宝光医师。他觉得林宝光医师瘦了，还有点灰头土脸的样子。莫非蓝山那边的事业不顺？林宝光医师坐在石头上，站长绕着他走了一圈。

“您用不着兜圈子了，”林宝光医师说，“我虽然看不见您，但我听得到您的脚步声。我的耳朵还行。”

“林医师难得来一趟牛栏山，这对牛栏山是个好兆头呀。蓝山那边进展如何？”

站长发现林医师一说话，就变得神采奕奕，非常年轻了。

“您问我们的工作？没有比目前更好的了。由于新生力量的投入，蓝山的创造力正在迸发出来。”

“您指的是白芷姑娘吧？”

“对，这位女子是火种，蓝山人的面貌正在改变。”

林宝光医师说着就站了起来，站长连忙上前两步想同他拥抱，但他抱了个空。林宝光医师不见了。站长发现他坐过的那块石头上有大群的蚂蚁，那些蚂蚁正朝山下疾跑。站长想，它们是去云村传播圣人带来的信息了。这是多么美妙的信息啊。站长还记得四十多年前的那个下午，他在山里采药，被毒蛇咬伤了腿，就是这位林宝光医师用草药救了他的命。就是从那个时候起，站长才知道了蓝山医疗机构的存在。他去蓝山找过救命恩人，但从来没找到过。倒是林宝光医师自己来过两次县城同他会面。他两次都是来去匆匆，说是路过。那时站长知道恩人对他在县城开展的工作很满意。啊，这么多的蚂蚁！大概领头的那些已经到达春秀的药草园了吧？

站长坐上那块石头，他想体验林宝光医师的意境。这时最后一批蚂蚁也匆匆地离开了。站长刚一坐好，就看见自己发出的光照亮了那块粗糙的岩石。他吃了一惊，因为在此之前，他从未见到过自己身体里发出的光芒。慢慢地，他就看见了岩石具有的那种美。石头上有些图案，虽然模糊，但在光的照耀下特别生动，令他联想起自己多年里头行医的生涯。他说不出那些移动的画面的意义，但越是说不出，就越是心情激动。好像那是他的初恋，又好像核心的部分同春秀有关。

他爱上了这块石头，他感到自己正在与石头融为一体。在他的对面，那条蟒蛇正在跳舞。

“老师，您好。是亿医生派我来的。”

名叫米益的女子在近处对他小声说话。她看上去像一条美人鱼，山林像是她的海洋。站长吃惊地望着这小女子，心里想，她在这么短的时间里变得多么灵活，多么熟练了啊！

“我看不见您，但您的光芒令我感到亲切。”她又说。

她的背篓里有好几种药草，她已经成了一位能手。现在她在石头上坐下了，她显然没有发现那些图案。但站长却看见她坐的地方溅起了一朵巨大的金花。

“您辛苦了，老师。我坐在这里真惬意啊。可是我不能久坐，家里有工作等我去做。我会把我遇见您的事告诉她，她一定会心花怒放。”

她从容地背好背篓，游下山去了。

站长回忆起那天夜里的事，羞愧地对自己说：“她是夜明珠，我是无法形容的秽物。我这一生运气多么好啊。”

他被自身发出的光照得什么都看不见了。过了好一会，他才又慢慢地看见了石头，石头上的图案还在变动着。站长强烈地感觉到有一件事物藏在这些图案中，但他想不起来它是什么。当一条轮廓模糊的河流出现时，他几乎就要说出它来了。他说出的那个字是“瑰”，他不明白这个字的意义。他怀着柔情想到，要是春秀在这里的话，她肯定知道这个字的意义，她也会知道隐藏在图案后面的那件事物是什么事物。春秀和米益都是真正的实践者。

有一位老者过来了，站长只看得见他的半边身体。

“久仰久仰。我是老陶，您该听说过我了吧？”

陶伯笑眯眯地看着站长，显得有些激动。

“您看得见我吗？”站长问。

“我看得见您的头部。您被光晕包裹着。您觉得这里的野栗子味道如何？还有药草，它们的造型是否一如既往？”

“野栗子的味道好极了，至于药草的造型，已经大大地改变了。当然我还是认得出它们。它们是为您和我这样的幽灵改变的，对吗？”

“对极了。我们和它们，老是从同一个地方涌出来。各种造型。您见过亿医生了吗？见过了？啊，您多么幸福！我等在这里，等了三天了，还没有见到她。我渴望在这棵菩提树下和她谈心。”老陶神往地说。

“听到您这样谈论我的学生，我心中的确充满了幸福。”

他们俩说着话就靠拢了。站长触不到陶伯的另外半边身体，陶伯则触不到站长的整个躯干。但两人都感到了那种真正的交流，于是两人的脸上都显出了红晕。

“我没等到亿医生，却等来了她的老师。真过瘾啊！”

两人的目光同时落到岩石后面那一大丛野麦冬上。

“它们生长在这里，会不会有一千年以上了？”

站长看见陶伯说话时右边那一只眼睛发了直。

“完全可能。”站长说。

“见到这些古老的朋友，我的全身就会发抖。我听到它们在召唤我，我太激动了，您也是吗？”

“我也是。”

“您在山上多逛逛吧，我要去下面同它们会合。”

陶伯说完这句话就往下沉，一会儿就沉入土壤中不见了。

站长收回目光，再次往石头上一坐，同时就听到“嗡”的一声响。那不是他心目中通常的石头，那是活物。各种图案层出不穷，也令他无法看清。虽然无法看清，却又激动不已。他离不开这块石头了。也许这石头是林宝光医师？太阳落山了，周围的阴影正在变得浓重，石头忽然又“嗡”地一响，将他吓了一跳。他站起来对石头说道：

“我要走了。过不久我又会来看你。”

他往山下走时，老听到陶伯在他耳边说：“您多逛逛吧，瞧它们多么喜爱您！因为您是功臣啊！”

站长心里想，为什么陶伯说他是功臣？春秀和葵才是功臣，他不过是个老废物罢了。先前他倒是做过些工作，可这十几年他怎么了？他的意志力到哪里去了？最近他才明白了，他不能死，他要活着。只要他活着，春秀她们就会感到有希望。

现在他可以看见春秀的那间披屋了，那里面是人间天堂，他得马上回到那里面去休息，去回味他今天度过的美妙的瞬间。自从他来到牛栏山之后，他的生活真是大大地变了样，就好像赶着一辆马车，兴奋地往前奔去一样——他的生活变得像行医的时期那样积极了。

夜里，鸡的惨叫声将他从甜美的睡梦中惊醒了。

黄鼠狼匆匆地逃遁，母鸡抽搐着，鲜血四溅。月光清亮，花影颤动，惊心动魄的场面令站长全身麻木。忽然，他感觉到有小动物在旁边的灌木里移动。啊，原来是那同一只黄鼠狼！它回来了，它来观察它的猎物吗？为什么它不吃这只鸡？它们之间是什么关系？

“老师，这么晚了您还在外面，是不是披屋里不够舒适？”

居然是出诊回来的春秀，她还像从前一样美。

“披屋里是药草的天堂。我甚至觉得我不配待在里面。我刚才走到外面来，是因为这里发生了惨案。”

他说出“惨案”两个字时，便听见春秀在窃笑。

“那只是表面的假象罢了，您一丁点儿也用不着担心。在云村，一切祸事里面都包藏着福。老师啊，您就是一颗福星。”

他俩谈话时，黄鼠狼和鸡就消失得无影无踪了。尽管站长细细地寻找，地上的血迹也找不到了。他听见春秀在向他道“晚安”。

站长回到药草房里躺下，胸中波澜起伏。刚才，他同黄鼠狼交换过眼神了，此刻，他才明白了它的眼神的含意。

他的激情并不影响他入睡，他就在激情中进入了梦乡。他还在梦里编了一支关于黄鼠狼和鸡的儿歌，唱得热泪盈眶。

“我终于同老师相遇了。”亿嫂对亿叔说，“我看不见他，可我清楚地感到他就在身边。这是我们云村的福气。”

“站长不愿意死，他要守护你们。瞧，我们云村的人脉不是越来越旺了吗？前途令人振奋啊。”亿叔回应道。

站长在田塍上游荡时，那位青年朝他走过来了，后面跟着他的妻子，两人都是喜气洋洋的。他们的背篓里装满了药草。站长心里想，此刻他自己一定没有发光，所以他们没有看见他。

“上山的时候，我的心里有一团浓烟，我感到自己在摸着黑乱走。到了下山时，我就变得神清气爽了。透过大松树的枝丫，我看见了当年集市里的青石板桥。那位女人，我说的是那位药农，在石桥上出现了一秒钟。”

小勺说话之际，站长将身体偏向一边，让她过去。站长听了小勺的话非常高兴，他知道春秀又多了一名学生。

“你会不停地看见她，我指的是你这一生。那么多年里头，她都在同一个地方等你，现在她终于等到了你。”灰句爽朗地笑了一声。

“那么，我爱的是她还是你？”

“两个都是，我不就是她吗？”

“我倒忘了，瞧我有多么糊涂。刚才在山上看见景天三七时，我马上记起来了，从前她让我辨认过这种药草！”

两位年轻人走远了。站长看见他们身后腾起了烟雾，但他一点都不为他们担心。烟雾入侵到他们的身体里头，不过不会致命的。布谷鸟叫起来了。站长先是感到胸膛里有些刺痛，然后他就看见了光，是他自己在发光。远处有欢呼声，那是云村的人们在为他鼓劲。

“老师，老师，现在大家都认出了您！您可要多保重！”春秀说。

春秀就在他身后，她出诊回来了，正往家里走。

“我是个无所事事的闲汉。”

“您是我们不变的理想。”

站长一直在外游荡。他记得自己躺在那棵巨无霸榕树下同陶伯聊了好久的天，后来他俩还一块去小饭馆吃了饭。坐在餐桌旁时，上菜的伙计扭过头去不看他俩。当时站长想，在伙计的眼里，他大概是一个黑影。他一进饭馆就不发光了。

傍晚时分，他来到了春秀的药草园。他被眼前的影像惊呆了。

灰句的女友小勺正在疯狂地破坏那些植物，小半个园子的土壤都被她用一把铁锹翻转过来了，到处都是那些被蹂躏的药草，惨不忍睹。站长一出现，小勺就扔下铁锹跑掉了。

站长跪在园子边上，开始流泪。

他看见灰句垂着头走拢来了。灰句对他说道：

“老师，不能完全怪小勺，是我自己对生活产生了怀疑。我突然感到这些药草让我发疯！小勺不过做了我想做的事。”

“可是你此刻并没有疯，对吗？”

“嗯，没有。这就更显出我的恶劣。我刚才感到诧异：我和小勺这两个魔鬼怎么还活在世上？啊？”

“你们是好孩子。发疯算不了什么，此地的风水人情会治愈你们的创伤。我听你的老师说起过——”

“不要提她，我们恨她！啊，我在说什么？”

“你一点都不明白你在说什么……没关系，孩子，你回家休息吧，睡一觉醒来世界就大变样了。”

灰句的口中发出狼的嗥叫声，他奔跑着离开了。

站长的全身像散了架一般，到处都疼。他蹉在地上，发出哼哼的呻吟。四周鸦雀无声，那些被蹂躏的药草一定是全都死去了，那些活着的也晕过去了。站长这样想。春秀家的窗户黑洞洞的，这一对夫妇上哪儿去了？

好久好久，他才慢慢地恢复了气力。

今夜他不想回披屋休息。他来到那条小溪边，选了一个舒适的位置躺下了。月亮发红，溪水发亮，水底传来喧闹声，是一个激情骚动的夜晚。但这激情属于谁？也属于灰句和小勺吗？当然，也应该属于他俩。他们不是在尽力挣扎吗？挣扎的人是激情的人。瞧春秀来了，她的头发稍微有点乱。

“老师，我对灰句夫妇有信心，他们会熬过来的。”春秀说。

“嗯，这就是青春啊。”站长呻吟了一下。

“所有的迹象都在预示一种前景。”

“春秀啊，我感觉到这溪水是为你而上涨。”

“也为您，亲爱的老师。您回披屋去吧，这里太潮湿。”

“好，你先走，我等一会儿就回去。”

她走了。溪水平静下来了，静得有点沉痛的意味。月亮也不发红了，变成了稀薄的影子。

站长抬起老迈的双腿往回走，他感到体内仍有一股力在埋伏着，这种情况似乎有好多年了。“也为我！”他大声说，他的声音变得很洪亮。

他快要走到披屋那里时看见了葵和她丈夫，那男人将葵搂得那么紧，葵在他的臂弯里成了棉花。站长想起了青春时代性格暴烈的葵的模样。她到底是用什么材料做成的？这两位学生的先后出现令站长心里腾起火焰，他发出的光芒立刻照亮了那条小路。

进了屋，在药草的芳香中躺下，无比的宁静开始在周围弥漫。

站长在清晨回到了县城的小屋。令他吃惊的是，那栋倒塌了半边的屋子居然被修复了。他进去时，屋内有人在说话。

“一边亮，一边黑，这是好兆头啊！”一个沙哑的女声说。

站长揿亮了电灯，站在灯光里。他没看到屋里有人。

“久违了啊！”他高声说。

没有人回答他。

从窗口望出去，太阳正冉冉升起，一个瘦小的女子在阳光中向他这边走。站长连忙去洗脸梳头。

当他梳洗完毕出来时，那女子却不在他的视野中了。有一点东西放在房门口，凑近一看，是一饼香。他找到火柴，点燃了香，坐进躺椅里。这些日子在云村的奇遇立刻如同电影一样在脑海中回放，其间还充满了对白。说话的人有的是在云村遇见过的，有的是从未遇见过，但却非常面熟的那一种。他心怀感激地闭上眼，在缭绕的烟雾中仔细倾听，还发出“啧啧”的赞叹声。后来他就睡着了。梦里有人给他送来一罐酸奶，他喝了个饱。

他醒来时，看见陶伯坐在客厅里。

“您明天还去村里吗？”陶伯问他。

“不去了。我打算让医疗站重新开张。”

“太好了！”陶伯笑起来，“您和亿医生的事业正在遍地开花。”

站长刚要开口陶伯就不见了。再看地下，那饼香刚好烧完。站长记起了自己体内的这股力，一下子恍然大悟，说道：“原来它是要用来做这个事的啊。”他打算明天将收在杂屋里的那块匾找人油漆一下，挂在大门口。他可以办一个讲习班。

站长感到有人站在门外。

“谁在那里？”他问。

“是我，我今天来过好几次了。”

站长熟悉这个声音，他感到自己胸膛里有小鸟在唱歌。这个人，他不是二十年都没来过了吗？他姓汪，站长叫他小汪，小汪是他的病人，也是他的密友。自从二十年前站长被心中的魔鬼打垮了之后，小汪便从他的视野中消失了。偶尔，在酒醉迷糊当中，他也会想起小汪，担心他脑袋里面的那个肿瘤。那时小汪多年轻啊，他来找他治病时，他脑袋里的东西已被首都的大医院诊断为恶性肿瘤了。但只要疼痛不发作，小汪看上去就像世界上最快乐的人。

他站在灯光下。多么奇怪，都已经二十年过去了，他还是显得那么年轻，一点病态都没有。站长记起了他俩之间的例行谈话。

“今天它乖不乖？”站长问。

“乖极了。现在它总是很乖，因为我学会了讲故事给它听。亲爱的站长，我今天来是想告诉您，这二十年我一直在周游世界，现在我回来了，我不会再离开家乡了，我要同您一块重振我们的事业。”

“小汪啊，刚才我一听到你的声音就明白了。这么说，是它暗示你，催促你回到了我这里？”站长一脸笑意。

“千真万确。您从前善待它，它忘不了您的恩情。您瞧，我脑袋上的这个包——这是它在里面激动地膨胀。它顶着我的脑壳，但我一点儿都不感到疼。我知道它有多么爱您。”

站长摸摸小汪脑袋上的凸起物，心中涌出慈爱之情。

“说得对，小汪，我离不开你，还有它。”

“站长，您再摸摸它，听它说些什么。”

站长将自己的耳朵凑近小汪的脑袋，他听到了“喳喳”的响声，就像阳光晒着干稻草时，稻草有时会发出的那种惬意的声音。

“小汪，你已经成功了啊。”

“对，我带着它周游世界。”小汪自豪地说，“现在我们回来了，不是一个，而是两个，对吗？”

“对，不是一个，而是两个，多么了不起！我也力求——”

他说不下去了，他心里羞愧。

小汪说他明天再来，就匆匆地离开了。站长从窗口向外看，看见小汪身后跟着一个黑影，而他自己昂首挺胸的。站长记起了那一年，正是他鼓励小汪昂首挺胸地生活的。站长明白了，那黑影不但不妨碍小汪，反而还是他的支撑呢，人生多奇妙啊！瞧，他那清瘦的身影在对比之下几乎成了银白色，他像是月光的化身！浑身发出银光的小汪显然生活得十分潇洒，而他自己，这个自称为小汪的老师的人，却多年都在浪费着自己的生命。站长愤怒地在自己的脑袋上拍了一掌，他听到脑袋里响起“哗啦哗啦”的声音，一阵撕裂的疼痛令他眯起了眼睛。与此同时就有种欣慰感从心底升起。

有人不敲门就进来了，他往桌子上一坐。

“骑士总是随身带着他的敌人，对吗？”他嘲讽地说。

这人是站长的邻居，常同他一块喝酒的人。他用锐利的目光盯了站长一眼，肯定地对他说：

“现在你也成了两个。”

站长点头，他觉得有件事正在变得清楚起来。

第十九章

事业在拓展

亿嫂为老朱家的媳妇接了生，忙到半夜。她同亿叔一块从那一家出来时，便看见那一队黑衣人迎着他们过来了。那些人都打着手电，像影子一样飘动。“嗨！”领头的那人挥着手喊道。

“明天就是末日，二位准备好了吗？”那人说。

“消息准确吗？来源是哪里？”亿嫂沉着地问。

“千真万确。您听，总部在放警报。”

“我们云村，随时都准备着的，这难不倒我们。”亿嫂冷冷地回应。

那一队人从他俩身边插过，走到村外去了。

亿叔感到被他们碰过的左手有点发麻，脑子里迷迷糊糊的。

“这些人是从蓝山来的吗？”他问亿嫂。

“应该是吧。我认出了其中的一位。老亿，你的身体在发抖，真有那么可怕吗？”她说话时紧贴着丈夫。

“我不如你坚强，再说不光是怕，我还很激动。你在想什么？”

“我在想那婴儿和母亲。人的一生不论长短，都应该算是完整的吧。”

“的确。虽然没睁眼，也算见过世界了。多么奇怪，我现在有点盼着那一刻到来呢。”亿叔高声说道。

“不奇怪，你本来就是云村人嘛。”

他们走到家门口时，听见母鸡在笼子里惊恐地叫了一声，又安静下去了。亿嫂嘀咕道：“就连鸡也……”

他俩在黑暗中紧紧地搂在一起难以入眠。

黎明时分，两人同时松了一口气，昏昏睡去。

灰句夫妇是在下午过来的。他垂着头，走到亿嫂面前，突然抬头，目光变得坚定了。他说：

“我们要抢在那件事发生前补种好所有的药草。”

“好，好。”亿嫂迷惑地说。

年轻的夫妇干得很卖力。亿嫂不想打扰他们，就背着药箱离开了。

亿嫂走到豆腐坊那里时，居然看见了陶伯。

“陶伯，您怎么下山来了？”她问他。

“我感觉到了云村的热情。末日前的风景真美，我在山里待不住，就溜达到村里来了。没关系，别人看不见我，只除了您。”

陶伯说了这些话就消失了。他刚才坐的那张长椅上坐着老朱家的媳妇，媳妇怀里抱着婴儿，母女俩一脸幸福。

“亿医生，我多么幸运！”媳妇含着泪说。

“你听说了那件事吗？”亿嫂忍不住说了出来。

“听说了。可是我和宝宝现在多么快乐啊。您瞧，她爱您……”

“多么了不起的女孩！已经有了女英雄的风度！”

亿嫂挥手同她们告别。她匆匆地往茅奶奶家走去。

茅奶奶坐在园子里迎接她，紧紧地握着她的手不放，同时又侧耳倾听着。亿嫂看出茅奶奶已经知道那件事了。她为茅奶奶做了治疗。茅奶奶呻吟着，断断续续地说话：

“我的好女儿啊……真想死在你怀里……可是……那件事不会发生。他们是让我们演习一次……多么聪明的主意！”

她那双老眼突然变得像山猫的眼睛一样明亮了。

“茅奶奶，您是对的。现在您休息吧。”亿嫂边说边扶老人进屋。

从茅奶奶家出来，亿嫂的心情豁然开朗。她想，这位久经风浪的云村老人，一下就看出了命运中的意图。云村有了这些老人，只会越来越坚强牢固。末日吓不倒云村，反而会激励它。

“亿医生……”有人在她背后小声喊她。

“灰句？你做完工作了吗？多么好的天气啊！小勺呢？你看起来气色真好，危机已经过去了吧？”

他俩并肩走着，灰句有点害羞，走了好一阵才开口。

“村里人一直在说末日的事，我和小勺簌簌发抖——只有我们两个人害怕到了极点，而且脑海中一片空白。您知道，我们还没有成人啊。我们属于晚熟型，又愚顽不化，忽然就……我们不甘心啊。我就对小勺说，与其坐等灾难降临，不如采取行动！死也要死出个模样来。”

“你们做得对，你们将自己的模样做出来了。灰句是有灵性的青年，一下子就抓住了机会，这有多么好！”

她和灰句依依不舍地分手，她注意到了他眼中的变化——那目光已经变得同茅奶奶有些相似了。看起来，灰句心中的爱正在日益充盈。“一次智慧的演习。”她自言自语道。暗红的落日正在缓缓下沉，欢乐的云彩围绕着它，使它的表情变得更为深奥了。此刻，亿嫂的身心都放松下来了，她感到无比惬意。“死也要死出个模样来！”她高兴地大声说。

她看见了补栽好的药草，她简直心花怒放。

有小动物沙沙地从药草丛里钻出来了。居然是那只黄鼠狼，跟在它身后的是一只芦花鸡！奇迹啊。

“他俩就像我自己的孩子，我看见他们痛苦，我就也跟着痛苦了。从前从来没有过这种事。”亿叔从屋里走出来说。

“哈，我们昨天半夜里得到的信息，却原来是一个喜讯。世界多么会伪装自己的面貌啊！”

夫妇俩站在那里，在夕阳的最后一点光线中观察那只黄鼠狼和芦花鸡。小动物也在观察这两个人，亿嫂感到黄鼠狼的目光冷冷的。他们想凑近去同小动物讲话，那两位却突然跳起来跑掉了——它们钻进了药草丛中。亿叔笑起来，说道：

“真是一点面子都不给我们啊！”

“它们比我们更明白底细。”亿嫂接着说。

他俩刚刚吃过饭，葵就敲门进来了。亿叔去厨房收拾，让妻子同葵单独说私房话。

葵看上去老了二十岁，有点风烛残年的样子了。亿嫂感到很吃惊。她让葵在沙发上坐下，给她泡了热茶。

“葵，工作上顺利吗？”

“工作很顺利。我同村民已经打成一片，他们都尊敬我。问题出在我丈夫身上，他要离开我了。”

“他不爱你了吗？”

“爱。可是他说他不知道出于什么原因，一直想永久地离开我。昨天半夜，他终于打定主意了。他现在正在家里收拾行李，他要半夜出发，他说走夜路就自己看不见自己的身体了。我真是担心啊！你说我该怎么办？我想不出办法，他这一去凶多吉少……”

“我觉得——”亿嫂一边沉思一边拖长了声音说，“你可以换一种心态看待这事。你不必过分担心他，他爱你，这就够了，对吗？你可以待在你的诊室，一边为病人治疗，一边静静地体验这份爱。”

“春秀啊，你觉得他离开了我能行吗？他是个病人……”

“也许他正在恢复呢。”

“你说得对，我也有这种感觉。莫非是我拖累了他？”

“你就让他自行其是吧。他怎么可能放弃你这样的？”

两人都沉默了。她们在沉默中对视，在对方眼中看见激动人心的往事。后来是葵先开口。

“我离开海边时打定了主意要同你会合，是因为我觉得你是我的支柱啊。说实话，我变成今天这个样子，有一半是因为你。每当我绝望时，我就对自己说，还有春秀在那里挺立着呢，我怎么能轻易倒下？春秀，我要回去工作了。我要在工作中等待，从今以后一边工作一边遐想。”

外面忽然下雨了。亿嫂看着密友的身影消失在雨雾中，心里想，葵的丈夫在雨夜出走，那情形还是很伤感的吧。要有一颗何等坚强的心，才能做到用工作来取代习惯了的情感？当然，他一定会回来的，到他的病完全恢复的时候。亿嫂这样判断。她将葵的遭遇想了又想，体会到云村给葵提供了新的用武之地。所以葵虽悲伤，却并不沮丧。大概在此地，沮丧或颓唐这类情绪与人无缘吧。都这么多年了，她和她不是仍未改初衷，过着充满激情的生活吗？云村，站长，蓝山的黑衣人和医学杂志，这些都是一脉相承的……

“我感到葵有股生气勃勃的力量。”亿叔说，“她男人选择在这个时候离开她，也是种豁出去的冲动吧。很可能是在末日的氛围里，他的病突然就有了转机。这是可以理解的。”

“我一点都不为他俩担心。一切都向好的方向发展。”

“对，葵是会不断得到幸福的那种妇女。”

在豆腐坊旁边，三名黑衣人邀请亿嫂和亿叔去蓝山顶上“共商大计”。他们还交给亿嫂一张蓝山的地图，说下了长途车之后就要按地图的标示走。他们离开后，亿嫂和亿叔站在那里将那张地图看了老半天。地图上没有山的标示，只有几根缠在一起的虚线和黑点，两人都猜不透这种图案的含义。

“也许是种幽默？”亿嫂说，然后就笑了起来。

他俩回家准备了一些干粮，两壶水，还有两支手电，就去赶长途车了。

在长途车上，坐在座位上的亿叔显得很紧张，亿嫂则若无其事地打量窗外的景色。他俩隔一会儿就交谈一两句。“这天色黑蒙蒙的啊。”亿叔说。“可能要下雨，也可能下不下来。”亿嫂说。“雨天爬山可够费力的。”亿叔说。“我觉得到了山下总是上得去的。不是还有捷径可以走吗？”亿嫂说。“我倒忘了这件事。我巴不得马上就到山下。”亿叔说。

车子并没开多久就停了，停在一座山下。亿嫂和亿叔都记得这山并不是蓝山。所有的人都下车了。

“二位还不想下车啊？”司机嘲弄地看着这一对。

“我们是要去蓝山，从这里下车也是一样吗？”亿嫂机警地问。

“当然是一样。你没看见下雨了吗？前面有个亭子避雨。”

雨很大，亿嫂和亿叔像逃难一样冲向山脚下的亭子。小小的亭子里已经有一个人，那人躺在地上，将身体摆成一个“大”字，占据了亭子中间的地面。亿嫂和亿叔只能缩在亭子边上，风一吹，雨就飘到他俩身上。亿叔蹲下去，想喊醒地下那汉子，但他睡得很沉。幸亏雨没有下很久，天突然就开了。两人都听到人们的吵闹声。

那汉子打了一个哈欠，坐起来了。汉子打量了亿嫂和亿叔几眼，忽然就笑起来了。

“你们这一对，”他说，“听到响动了，还不赶紧跟上去！”

亿叔脸上变了色，挽着亿嫂的手臂往亭子外疾走。但前面那群人——大约十来个人——走得更快，一会儿就消失在山里头了。亿嫂发现他俩是顺着一条若有若无的小路盘旋着上山。她在心里嘀咕：是否应当选择方向？放眼一望，好像到处都有路，又好像都不是路。

“管它呢。”亿叔说。

亿嫂对丈夫的爽快感到吃惊，她看出他很激动。

这座山上有草也有大树，野花也不少，但亿嫂注意到并没有她所熟悉的药草——也许有药草，但属于她不认识的种类。

夫妇俩默默地走了一气，竟然又听到了吵闹声。这一次离得更近，可是被密密的林子挡着，没法看见他们。似乎是男人在同女人吵嘴，都发出凶狠的诅咒声。亿叔用心地倾听着，脸上的表情很陶醉。

“你在想什么呢？”亿嫂小声问他。

“我想，他们大概企望着目的地吧。”

“嗯，同我们一样。只不过我们没发出声音。”

因为有这群吵吵闹闹的人相伴，两人都感到脚步轻快了起来。

“不知我有没有听错，我觉得葵的丈夫也在他们当中。”亿叔说。

“完全可能。我们将同他‘共商大计’。”亿嫂想了想又说，“葵要是知道了这件事，该会感到多么欣慰啊！”

“有人在哭。”亿叔压低了嗓门。

不知不觉中，亿嫂发现自己已经摆脱了选择一条路的念头，好像她和丈夫无论怎么走总走在同一条路上。他们快到山顶了，亿嫂注意到丈夫的双眼在闪闪发亮，就问他看到了什么。亿叔回答说看到了目的地，不过目的地不在山头，却在山肚里。

“你看见山肚里有人在开会吗？”亿嫂问他。

“是啊，我确切地看到了。不过我知道那地方我们进不去，也不用进去。我们只要坐在这树根上等待就可以了。”

“你确定他们需要我们吗，老亿？”

“这是千真万确的，他们需要你，这种需要就写在他们的脸上。我听到一个人说：‘为什么开会？’另一个人马上回答：‘因为亿嫂已经复活了这一带地方的传统啊。’你瞧，你有多么重要……”

亿叔的话还没说完，两人就同时感到脚下的泥土在被什么动物拱动着。只见一团黄色的光晕一闪就消失了。啊，黄鼠狼！“真是吉祥的小动物啊。”亿嫂说道。

他俩坐在那里时，亿叔说他又看到了很多场面，还说山肚里的那些人都是面熟的人，他们都对亿嫂抱着很大的期望。亿嫂就好奇地问，为什么她自己看不见这些人和这些场面呢？

“因为你是操劳者啊。”亿叔陶醉地说，“操劳者首先看见的是自己的事业，所以他们的家人有时反而先看见山肚里的秘密会议呢。”

亿嫂吃惊地看着丈夫，好像他变成另一个人了似的。不过她为他感到高兴。她幻想着有一天，她同丈夫在山里随便乱走，然后就走进山肚里去了。毕竟，面对面地“共商大计”更过瘾。亿嫂心潮起伏，她根据丈夫所看到的景象在心里头同那些黑衣人对话，她就这样同那些人沟通。奇怪的是，沟通的确于无言中发生了，亿嫂觉得自己完全可以肯定这一点。比如丈夫老亿说一句：“这个人站在悬崖边上，探身出去。”亿嫂的脑海中就立刻出现多年以前她在某地见过的巨大的风磨。风磨的形象令她神魂颠倒了好一会儿。如果老亿突然站起来一挥手，说：“好啊，达成一致了。”亿嫂就会看见药草的海洋，不知名的粉色花朵在草丛中怒放。此刻，她感到自己满怀一种雄心壮志，并且她像青年一样意气风发。可是现在老亿沉默了，他的意志没入了深邃的黑暗之中。老亿的沉默的信息在亿嫂心中点亮了数不清的明灯，漫山遍野都是它们。她看见山间有个人影向她走来，好像是陶伯。这位陶伯，他不说话，可他给她带来多么美妙的激情啊。瞧，梨花不是在灯光中开放了吗？

“我愿意时常与蓝山的同胞们共商大计。”亿嫂由衷地对丈夫说。

“我同你一样激动，因为是我先看见，然后传达给你。我做梦都没想到我会有这种能耐。现在他们都离开了，空空的剧场里吹着苍劲的冷风。我们回家吧，今天过得太有意思了。”

他俩下山时，听到先前吵吵闹闹的那一队人也在远去，然而还能模模糊糊地听到他们的歌声。亿叔说那些人是古代的人，其中有几位是云村的祖先。他还说一想到葵的丈夫在祖先当中，就为他感到自豪。云村这地方的地力是多么强大，能重振人类崩溃的精神。亿嫂紧紧地握着丈夫的手前行，她为丈夫感到自豪。

“他回来的那天，我们将同他共商大计。”亿叔说。

“葵的丈夫吗？”

“除了他还有谁？他走不多远，会围着这里绕圈子。”

“我们发现了真相，我明天就告诉葵。”

亿嫂进门时，葵已经治好了两位妇女的脚病。两位都舍不得离开，她们同葵大声地交谈着，笑得十分痛快。

“哈，葵医生的好朋友来了，我们走吧。”刘嫂说着就站起来。

她俩千恩万谢，然后走了。

亿嫂听到屋顶上有小动物奔跑，就询问葵。

“是黄鼠狼，来报喜的。”葵低下头在笑，“我已经知道他的下落了。”

“你们的团圆指日可待了。”

“这地方有魔力。我当初想也没想就往这里奔。”

葵说着就站起身走到里面房里去了。她出来时拿出一张旧照片让亿嫂辨认。亿嫂看见了翻滚着波浪的海洋，还有岸边的几个小黑点。那黑点的排列立刻让亿嫂想起先前见过的蓝山的地图。她的手发抖了。

“这就是渔村。”葵说，“这张照片是保存在村委会的。”

“啊！”亿嫂叹道。

“你当然知道这张照片里有些什么。我对老天的最大的感恩就是我没走错路——我来到了你的村子。现在我丈夫也变得同我一样有运气了，因为你是我们的明灯啊。”

“谢谢你。可是你过分夸奖我了，我觉得你才是我和老亿的明灯呢。瞧你，简直活力四射！”

“好，让我们时不时地相互鼓励。”

亿嫂又拿起那张发黄的照片仔细看了看。

“谁在那里？”她迷惑地自言自语。

“你已经看到了——那是站长啊。”

“站长。”亿嫂哽咽着说，突然觉得眼里有泪滚出来。

她俩来到屋外，站在那里看天。多么纯净的夜空啊。葵告诉亿嫂说，是站长给她带来的喜讯。站长并没有现身，只是在她窗外含糊地说了一些话，她立刻就知道了是他。同时她也立刻明白了他给她带来的是一个关于她丈夫的喜讯。于是就在当天半夜，她同丈夫进行了一次奇妙的交流。“神魂颠倒啊。”葵有点不好意思地说。

葵还指着远处走过的一位女人的身影告诉亿嫂说，那是她的病人，为她治病是葵的一种享受。有一回，在葵的诊所里，在治疗过程中，她俩一块听见了葵的丈夫在对她们说话，她俩与他交谈了约莫五分钟。在那五分钟里头，葵完全变成了另外一个人。她当时已分不清究竟是治疗工作还是倾听，抑或是病人的反应给她带来更大的刺激，她感到自己达到了幸福的巅峰。“他变得如此完美，对我的工作如此有帮助，我从未想到他的出走会有这样的结果。”葵说这话时紧紧地搂着亿嫂，自己激动得一身发抖。“渔村被毁之后，我就是他唯一的亲人了，我一直认为我是他的主心骨，可现在我们的这种关系发生了变化。”

“好啊，”亿嫂微笑着说，“这是你应有的收获。我刚才听了你述说的情况，一阵一阵地兴奋得说不出话来了呢。”

“蓝山的那些人对我们有什么要求吗？”葵问道。

“他们说‘共商大计’，我觉得他们是让我们自己同自己商量。”

“你理解得对。可我们不是一直在这样做吗？”

“我们还要做得更好。我要回去了。葵，你这里发生的事让我无比振奋。你瞧，那是一颗孤星，可它哪里是孤星？它分明在无边无际的星云之中嘛。”

她俩紧紧拥抱，然后分手了。

亿嫂走到大路上，看见好几个女人正在往葵的诊所去，大概是去找她治脚病的。那间诊所屋顶的上空浮着一朵幸福的云彩。这时亿叔出现了。亿叔说他刚才去蓝山参加了会议。亿嫂问他蓝山在哪里，他说在自家的药草园里。“坐在板蓝根里面就可以开会。”他说，“我是来叫你去参加会议的。”

夫妻俩走进药草园，坐在熟悉的石头上。亿叔让妻子朝他所指的方向仔细倾听。“都来了。”他悄声说。亿嫂的确感到有不少人正潜入药草园，但她看不见他们。“灰句！”她叫了起来，“你也是来参加会议的吗？”

灰句猫着腰走拢来，不好意思地说：

“我没想到他们会邀请我。我没做什么工作，我只是搞了些破坏。”

亿叔搂着灰句，不让他说下去。

又有一个人来了，踌躇着站在外面。

“小勺，快来参加会议！”亿叔高声喊道。

小勺也猫着腰进来了。他们四个人搂成一团站在那里，每个人口里都说着这句同样的话：“我听到了，你们也听到了吗？”

每个人的心里都暖洋洋的。小勺说：

“我一直认为我没有家，现在我找到了我的家。”

夜深了，这四个人还一直在开会。他们什么全听到了，他们在努力思索。现在他们的思维都变得像兔子一样活跃了。

“您是怎么发现这个会议场的呢？”灰句问亿叔。

“我努力去听，有一天就听见了。当然，黄鼠狼啦，还有芦花鸡啦，都给了我很大的帮助。”

现在他们四个人都感到了有一只小动物在他们的腿脚间穿行。

“多么勤劳的使者啊。”小勺说。

那边就是亿嫂和亿叔的家。家里起先一直黑洞洞的，后来忽然一下灯亮了，而且不止一盏灯。从窗口传出婴儿的哭声，十分响亮。

“是老朱家的媳妇啊，那女婴——”亿嫂低声说。

随着婴儿忽高忽低的哭声，药草园里这四个人的身体都在发抖。

后来他们从园子里鱼贯而出，走到家门口，推开家门。

屋里居然又变得黑洞洞的。

“他们传递了信息，他们就走了。”亿叔说，“在云村，就连新生的婴儿都随母亲来参加我们的会议了。”

亿嫂烧了茶给大家喝。

“现在是半夜了——”灰句不安地说。

亿叔用双手按在灰句的肩上安慰他说：

“今夜是一个重要时刻。不仅我们云村的人，还有周边的友人，都聚在一块共商大计。你听到你父亲的声音了吗？”

“听到了，的确是爹爹！这里的氛围真热烈啊。”

年轻人离开亿嫂的家时，他们脸上的表情已不再显得孤单了。亿嫂看着灰句的背影，想起了他初次来这里时的情景。夫妇俩一点睡意都没有，两人都听到了云村在沸腾。亿嫂对亿叔说：“却原来听力也是可以训练出来的啊！今后你得多多训练我。”

“你猜云村要往哪里去？”亿叔问。

“我猜，也许转折点到了，它要变成另一个。”

第二十章

时代的脚步声

亿嫂替细辛的两个女儿开了药，亲自让她们服下。女娃们患的是麻疹，并没有危险。

细辛感激不尽，非要留亿嫂吃饭不可。亿嫂只好留下吃了她亲手做的豆角饭。豆角香喷喷，亿嫂吃得满脸幸福。

“我没有妈，婆婆也不在了，现在您就是我的妈。”细辛说。

“好啊，我很愿意。我老觉得你婆婆还在这屋里。”亿嫂说。

“这是真的。我夜里听见有人叫我，就起来走到外面。我看见婆婆站在月光里，头上扎着白头巾。我走拢去，她认真地看着我，说：‘去找亿医生，去找亿医生。’她就是这样说的，一共说了两遍。不过她没有进屋，她绕到屋后不见了。”细辛说起这事时表情有点忧虑。

“啊，她什么事全想到了。现在不是挺好的吗？我们总在一起。”

亿嫂搂着细辛安慰她，向她保证她女儿的病不要紧。

“我现在生怕您离开我们。”女人眼泪汪汪地说。

“怎么会呢？我保证永远不离开细辛。”

从细辛家出来时间已经不早，可是亿嫂还是打算按计划去牛栏山采药。她回家背上竹篓，拿上二齿锄就出发了。走到外面遇见亿叔，亿叔嘱咐她别走得太远，免得她遇到什么意外时他找不到她。亿嫂知道丈夫不放心，可是她认为自己还不算老，至少今年和明年内还可以上几次山，以后就把这个工作交给灰句和小勺。

已经是下午，亿嫂打算在半山腰的土坑那里挖些黄连藤就回家，因为村里出现了两例疟疾病人。

进入山里后，她便感到牛栏山有些躁动不安。最能体现这种情绪的便是那些千年岩石。比如她面前这一块，大部分都埋在泥土中，阳光落到它上面时，它便一阵一阵地发出小小的爆炸声，那像是不耐烦，又像是预告着什么。亿嫂躲开岩石埋着头向上爬。她很想在路上遇见陶伯，可她走的这条路同陶伯的木屋是相反的方向。她想，陶伯应该总是守在他家的附近的。

亿嫂爬了半个小时，发现太阳已经阴了。还不止如此，西北角的大团黑云正朝她这边移动。幸好生长着黄连藤的土坑就快到了，她加快了脚步。就在这时她听到树上的响动，是蟒蛇，巨大的身躯让她双腿发软。她决定绕到这大家伙的身后去。她一边跑一边紧张地揣测，这是不是灰句遇见过的那一条？当她绕了一个大圈，觉得自己终于甩开了那条蛇精时，却看见眼前的牛栏山变得陌生起来了。这是她从未见过的一块地方，密密的林子封堵了所有的出路——她由之而来的小路也找不到了。这是榕树林，亿嫂只是在书中看到过这种鬼气森森的大树，本来这种树也不生长在他们这个地区。被阻隔在阴暗的榕树林中，不管往哪个方向迈步都很难走通，亿嫂突然觉得自己已经精疲力竭了。她听见暴雨落下来了，林子里面开始淅淅沥沥，到后来一片雨雾，她连眼睛都睁不开了。亿嫂贴着那棵大树的树干站在那里，缩成一团，心里想："我已经没希望了吗？"她想起了老亿，想起了站长，还想起了葵。但她并不激动，冰凉的雨水居然令她的思路变得额外清晰。"却原来有两个牛栏山。"她说，还轻轻地笑了一声。啊，那条蛇是命运之蛇，是它给她指了这条路！可这意味着什么？想到这里，亿嫂胸中腾起一股无名之力——她必须挣扎！"老亿！老亿！！"她疯狂地高声喊叫。

啊，她的老亿在远方回答她！她隐隐约约地听到了他的声音，她不知道他说什么，但她知道他决不会放弃。亿嫂一边叫一边寻找出路。雨已经小了，可是这里没有出路。榕树的气根在上面晃荡着，像是许多恶鬼。走投无路的亿嫂忽然用她带来的二齿锄挖起地来。她也不知道自己怎么会有这个举动，就仿佛早有预谋似的。她将周围的乱草刨开之后，发现被雨水泡湿的泥地很容易挖开。她挖几锄，又叫几声老亿。奇怪的情况发生了：很快她就不费力地挖出了半人深的土坑，并且轻松地将底下的泥土捧起来扔到了旁边。她站立的坑中也看不到树根或石块，全是好看的红土。亿嫂变得浑身是劲了，她想，她挖的也许是一条地道。一会儿土坑就有一人深了，老亿的叫声也听不到了。当她侧过身去培土时，有个人在她身后说："你干吗老是敲打我的背？我有腰椎间盘突出症。"亿嫂一抬头，立刻看见她挖的坑变得又深又宽敞了，至少有三个人那么深，靠她自己的力量已经爬不上去了。刚才说话的那名男子站在她的对面好奇地望着她。

“您能设法上去吗？”她问他说，“我想上去，我要回家。”

“上去是回不了家的。何不试试往下？”他嘲弄地说。

“往下？您是说挖下去？”

“对啊，您真聪明。”

他随便往地下一指，要亿嫂挖下去。亿嫂轻轻一挖，那泥地就裂开了。她还没看清，两人就一同下沉了好几米。但坑里还是很亮，完全没有阴暗的感觉。亿嫂突然哈哈大笑起来。

“好啊好啊，尽情地笑吧。您看见门了吗？”那人说。

“门？”

“是您挖出来的门嘛。您不是要挖出一张门来吗？”

亿嫂想了想，觉得这个人的话很有道理。可这个土坑是怎么回事呢？她抬头向上望去，看见先前的地面已升到了遥远的处所。她所置身的这个坑成了一个棺材，不过这是一个巨大的棺材，她甚至可以在里面随意跑动。从遥远的上方射下来的强光使得坑内亮堂堂的。“难道它是我挖出的？”亿嫂不能理解这种事。她不就是出于害怕随意挥了几下锄，捧了几捧土吗？

“您瞧，这就是您想要的黄连藤。”那人指着角落里那一大蓬植物说道。

“哈哈，原来在这里！”亿嫂高兴地说。

她走过去挖了一些黄连藤，装进竹篓。这时她又面临这个问题了：如何回到云村？那人看透了她的心思，用取笑的口气说：

“您也可以不回去，想些法子来取乐嘛。说不定有奇迹出现。”

“可我只想回云村，我太没出息了。”

“那您就自己想办法吧，我走了。”那人生气地说。

亿嫂看见他走到黄连藤后面就消失了。她追过去看，发现他站立过的泥地有些松动，于是畏怯地从那里往后退，一直退到土坑的中央。她想再一次挥锄，但又担心会有灭顶之灾。犹犹豫豫地打不定主意。

“怕什么呢，不是都已经豁出去了吗？”居然是老亿在说话。

老亿的声音像是在黄连藤那里发出来的，可她走过去看，又什么都没发现，只除了她刚才的挖掘留下的痕迹。

“老亿！老亿！”她激动了。

“不要喊！”老亿似乎愠怒了，“要回去就赶快回，病人等着你呢，他们的希望全在你身上！”

老亿说得对，她没有退路了，她必须挥锄挖出一条路来。从云村那边不是传来了鼓声吗？于是她朝着黄连藤后面那块松动了的泥土挥锄挖下去。

“好啊好啊，我这腰椎间盘突出症快被您治好了。”那人说，“真不愧为新时代的女英雄啊！”

他在她面前站了起来，用手在空中画了一个大圈向她示意。

亿嫂直起腰来用目光扫视周围，发现土坑已不存在了，她看见熟悉的房屋和烟囱，她正站在云村的禾坪里。她背起竹篓和二齿锄，兴冲冲地往家里走。她在路上遇到了米益的表姐，这位表姐说：

“亿医生，您这回离开了这么久——两天两夜！她们在您家里哭成一团啦！您吃饭了吗？快回家去吃东西吧！”

“谁在我家里啊？”

“米益，细辛，还有小勺。”

她推开门进屋后，老亿，还有那三位女性都惊讶地看着她。他们都不敢碰她，好像她是一件瓷器，一碰就会碎。

“老亿，我在山里时，听见你对我说话。你给了我勇气。”

“我是说了，可我是在心里说的，我很高兴你全听到了……那真是暗无天日的一段时间……后来碰见一个蓝山的人，叫我回家等待。你遇见他了吗？你应该遇见他了吧？他说去叫你回家。”

“那人同我一块回来的，可他在半路上溜掉了。”

“干杯！”三位女人齐声说道。

“干杯！”亿嫂一饮而尽。

大家在饭桌上开始了热烈的交谈。饭吃了一半，亿嫂忽然放下筷子起身向外走……她记起了疟疾病人。

“老师，您的训练班美名远扬。”亿嫂对站长说。

“奇怪，我并没有做广告，这些青年就一个接一个地来了。”

“他们一直在等您嘛。那位名叫四秒的小伙子，我们的医学杂志的订阅者，今年以来见了我就问，问您什么时候开始收徒弟。”

“四秒是很有希望的，他像你一样热心肠，会成为未来的顶梁柱。”

站长领着亿嫂去看他的新教室，教室是从坍塌了的半边房的地上重新修建的，又宽敞又明亮。

“目前这里有两名教员，我和小汪。”站长介绍说，“你还记得小汪吗？就是脑袋里长瘤子的那一位？现在啊，他带着肿瘤去授课。他对那些青年们说，他每讲一句话，肿瘤也随之说一句不同的话。他问台下的青年们愿不愿意听他的肿瘤的意见，结果这些学生们的反响都很热烈。小汪没有上过正规的学校，他通过向他的疾病学习，掌握了尖端的医学奥秘。”

“老师啊，您这里发生的事令人激动！”亿嫂由衷地叹道。

“我已经是一名老废物了，我只有一点带学生的特长。”

“您是能塑造新人的老前辈！千万别再停止工作，我恳求您！”

“当然不停止。春秀给了我第二次生命。”

他俩谈话之际，教室里显得异常寂静。一只很大的蝙蝠从窗口飞进来，然后又飞出去了。

“你瞧，就连小动物也在教育我。最近我变得越来越好学了，小汪的肿瘤给了我最大的启示。啊，那真是一种奇妙的沟通！”

亿嫂点头赞同。她对站长说，过两天她也要来听小汪的课，她希望能将小汪的经验和知识推广出去。她对脑瘤和小汪之间的那种感应沟通的细节特别感兴趣，还有他同老师之间的这种默契，令她从心底生出钦佩之情。

站长笑眯眯地听亿嫂说完，然后问她在来县城的路上遇见林宝光医师没有。亿嫂茫然地摇头，说没有。

“即使遇到了，我也认不出他啊。他是大名鼎鼎的神医，已经很久不出山了。老师认为他今天来我们这里了吗？”

“根据早上的信息他应该来了。为什么你认为见了他会认不出他呢？恰好相反，你，春秀，一见到林宝光医生就会认出他。”

“老师这样认为吗？我真是太兴奋了，他是蓝山的神医啊。”

“你会越来越多地了解到蓝山的一些内幕。”

“我已经了解到了一些。我去挖黄连藤的那一次——”

“嘘，不要随便说出来，你可以将这种事放在心里。”

“老师真好。我爱老师，永远爱。”

离开之前，亿嫂在空荡荡的教室里绕了一圈。教室内的寂静将她的思绪带到悠远的处所，一个声音在她耳边反复地问：“所有的东西全带在身上了吗？你没有忘记什么吧……”这个问题似乎是要求她进一步地深入自己的记忆……关于远方的记忆。

从站长的小屋出来，走在县城的大道上，她发现自己从前想起站长时的那种伤感情绪已经消失殆尽了。她舒展着两臂，有种想要飞翔的冲动。这时她又想起了小汪，想起了他同脑瘤共存的英勇的生活。

“女士，云村的疟疾防治工作做得如何了？”

问话的是一位异常矮小的老头，背差不多弯到了地下。

“基本结束了。病情已得到控制。”亿嫂弯下身同他说话，“您从哪里来？我觉得您眼熟啊。”

“从哪里来？这还用问！您已经知道了。”他带点责备地说。

“啊，真令人难以置信。我多么幸运！”亿嫂声音有点发抖。

老人却挥手叫她离开，说：“各走各的吧。”

亿嫂一边去赶长途车一边在心里感叹：“这就是林宝光医师，他多么严肃啊！也许他对我的工作并不满意？”她内心忐忑不安。

奇怪的是在车站她又看见了老人，老人在同一位青年说话，亿嫂分明听见腼腆的男青年称老人为“林医师”。上了车，那两位坐在亿嫂前几排的座位上，他们始终在不停地交谈。亿嫂努力捕捉到这样一些片断：“芦比家的那一位到处撒草籽……”“有迹象表明……”“……植被问题……猩红热不可怕。”“动物也受到感染……”“……山上的兽医站……”“各地都在自发地做实验。”“……对，山林和湖泊。”亿嫂想，也许一个大的计划正在酝酿中。多么鼓舞人心！上一次她在榕树林里的遭遇不就是命运在催促她吗？亿嫂的脸发烧了。

那两位中途下车了。亿嫂目送他们消失在一个荒坡上。

回到家，一进门亿嫂就大声说：“我见到林宝光医师了！”

“太好了！我一直预感到你会同他见面。”亿叔说。

“更令我振奋的是，我一开口他就说：‘您已经知道了。’”

“我也认为会是这样。多年来你和他一直处在联系中。”

吃饭的时候，亿嫂告诉丈夫关于小汪的肿瘤的故事。老亿听得聚精会神，饭也忘了吃。末了他叹道：

“奇迹啊！我希望自己也达到那样的境界！他和站长办这个讲习班太及时了。”

“如果我在榕树林的那一回知道了小汪的事迹，或许我会表现得更从容一点？小汢的事……”

“你会越来越从容不迫的。”亿叔微笑着说。

亿嫂闻到了药味，她问丈夫：

“你又在做预防的准备？有什么新苗头吗？”

“没有，但仍要提高警惕。云村这地方，是不是因为血脉太旺，所以各种疾病也容易爆发？你觉得这是一件好事吗？”

“你已经知道答案了嘛。”亿嫂说。

他俩去后面房里瞧那些准备好了的中草药汤剂，灯一亮，那些药汤就在玻璃瓶里跳舞，发出好听的声音。

“它们迫不及待了。”亿叔耳语道。

两人立刻关了灯回到前面房里。亿嫂一边收拾饭桌一边说：

“我丈夫真了不起啊！”

那天夜里，亿嫂在新收到的医学杂志上读到一篇文章，文章的作者署名为“卫士”。这篇文章好像同医学没什么关系，它是议论文，用一种缥缈的语气反反复复地谈到地缘性的人格特征。亿嫂读得入了迷，口里不由自主地发出“啊！”“啊！”的惊叹。不知为什么，在亿嫂的脑海里，这篇文章应该是出自那位蓝山女孩白芷。亿嫂确信她所描述的是时代英雄。至于为什么会这样认为她却说不清。文中写到的那位专事培育奇花异草的女人，令亿嫂读了不住地流泪。

“你见过白芷姑娘吗？”她问亿叔。

“见过。就在今天。她还问起你呢。”亿叔平静地说。

“怎么没听你说起？”亿嫂十分诧异。

“我以为你们见面了。她说同你约好下午在披屋那里见面。”

亿嫂跳了起来，说自己马上要到披屋去。说完她就拿着手电出门了。

存放草药的披屋里什么动静都没有。亿嫂在房间当中的简易床上躺下来，药草轻轻地骚动着，它们散发出来的异香包围着她。一想到恩师在这张床上度过的日日夜夜，亿嫂就不由得心潮起伏。

有人敲门，是细辛。

“她来过了吧？”问道。

“嗯。她真是一位美丽的女子。是她嘱咐我不要惊动您，她还说您太忙了，她心疼您。多么懂事的姑娘！”

“你女儿怎么样了？”

“好极了。我给您带来了玫瑰花饼，您闻闻，香吧？”

“真香，你也吃一块吧。”

“我已经吃过了。亿医生，我看见白姑娘将您的照片放在胸前的口袋里，她说您是她的心上人！我有点嫉妒她。”

“为什么嫉妒啊，细辛，要知道你也是我的心上人啊。”

“亿医生，您的这句话今夜会让我做好梦。再见。”

亿嫂吃了一块花饼，满嘴余香。她心里想，圆有西大妈的眼力该有多么好，总是能看到这位媳妇的本质。她站起来准备回家了。

一推开门就看见了蓝山的黑衣人。

“我们蓝山人要感谢您。”他说。

“为什么呢？”

“为了很多很多事——那些事在很久以前就开始了。”

“我明白了。亲爱的蓝山卫士，您这就走了吗？”

黑衣人走了之后，亿嫂回想起细辛说的白芷将她的照片放在胸前口袋里的事。白芷怎么会有她的照片呢？亿嫂很少照相，家里也没有照相机。然而不久前，她的确同葵一道去站长那里合了些影——站长有一个很旧的照相机。后来他们各自拍摄了几张单人照。白芷应该是从站长那里拿到了她的照片。亿嫂想到这里又激动了。站长，葵，白芷，她——多么神奇的巧合啊，就像前世有缘一样！难怪黑衣人说很多事早就开始了，只是她从前不知道。

她就这样一边往家里走一边激动着。这时她注意到有不少村里人像影子一样在外游荡。

“阿原，你在散步吗？”亿嫂问道。

“随便走走，我这几天都在激情中燃烧，我喜欢这种感觉。亿医生，您治好了我的疟疾，现在我常有幻觉，觉得自己再也不会死了。”

“这是好兆头啊。在某种意义上可以这样认为。你手里提着什么？”

“火焙小鱼。我出门时预感到会碰见您，特意带着来送给您的。”

“竟会有这种预感？”

“千真万确。我还听到了您的脚步声，因为我发疟疾时就学会了辨认您的脚步声。唉，那些个日日夜夜！”

亿嫂回到家里，亿叔问她见到了白芷没有，她回答说比见到了还要真切，还要激动。

老亿点点头，赞同地说：

“白芷姑娘就是当年的你啊，我一见她就有熟悉感。”

“或许我们这里和蓝山，还有荒村，原本是一个村落，后来发生了地质灾害才分散了。但我们又并没分开，仍在一起……”

后来亿嫂就再也没有找到过牛栏山里的榕树林。但她也知道那不是一个梦，一切全是真实的。她不是用那把二齿锄用力挖过地了吗？她回到家里之后，手臂不是酸痛吗？就连丈夫老亿，也对发生在她身上的事有相符合的记忆。亿嫂感到，经历了那件事之后，她的心胸变得更开阔，做事更有底气了。一天下午，她对家中的鸡舍进行了一番改造，建起了一条小小通道，为的是让黄鼠狼可以随时拜访她的那几只芦花鸡。老亿很欣赏妻子的举动。后来拜访的确发生过了，但却是静悄悄地发生的，既没有挣扎，也没有流血，只有夫妻俩细心地观察可以发现黄鼠狼的痕迹。她的芦花鸡变得更为活泼，也更为警觉了。

她又去半山腰采过一次黄连藤，那一次并没有发生什么奇怪的事。亿嫂和亿叔的生活回归了平静。但这平静的生活给他俩带来很大的幸福感。

亿嫂坐在月光下的药草园里，思绪飞到很远的地方，她对丈夫说："我的老师，还有林宝光医师，是他们早年建设起了这个家园。"亿叔立刻回应说："现在是你，葵，米益，灰句，还有白芷等人让这个家园繁荣起来了。"亿嫂又补充道："还有你老亿，还有罗汉，陶伯，小勺，杨叔，葱爷爷……每一个人都是家园的主人。"

淡紫色的夜空中不断响起细小的"滋滋"的声音，夫妻俩边听边点头，心领神会。他们认为这是蓝山那边在给他们发信息。

第二十一章

隐形网络

米益的这个病人是她儿子米兰带回来的。病人金多站在路边看米兰独自跪在地上打弹子，不知不觉看了半小时以上。后来米兰站起身要回家了。

“小弟弟，我同你一块回去。”他说。

米兰点头答应，他俩就一块回来了。金多要请米益看病。

“……就是对任何事都提不起兴趣，觉得自己活得太久了。”他说。

米益看了看他的脸，郑重地点了点头，就进里屋去了。

她拿了一包干百合出来。

“每次服两莼。放在水中泡开，要守在旁边，看着它展开。然后用瓷碗装好，放冰糖和少量水，在火上蒸半个小时。”

“有点麻烦啊。”金多皱着眉头说道。

“可是对你会有效。你瞧它多漂亮。”米益诡诈地笑了笑。

三天之后金多又来了。面带笑容，气色也旺了很多。

“没想到，没想到啊！”他不好意思地摇摇头说。

“看来有效？”米益高兴地问。

“岂止有效，米益在促使我开动脑筋，自己给自己治病嘛。百合用于食疗，平时掺在米粥里吃。我以前从未重视过这味药。这次我按你的做法每天守着它摆弄出来，然后服下。服了它们之后，我满脑子全是开花的百合，还有它们的美妙的球茎……天哪，我成了一株百合了！谁见过患抑郁症的百合？这是不可能的事！而且我真真切切地感到它们在我体内支持我康复。米益啊，我在你面前羞死了，我要走了，回去帮我妈妈打理菜园。”

他来了又马上走了。米益望着他的背影缓缓地点头。

米益想，她以前不知道，荒村人与云村人一样，在同植物的亲缘关系上有悠久的传统。是干了赤脚医生这一行之后，这个传统才在她眼前一点一点地显现出来了。就连她自己，不也是于蒙昧中闯入了亿医生的家园，继而发现了这个无比广阔的植物世界的吗？她在心中叨念着：“金多大哥，你同百合恋爱吧，它能治好你的病！”这时她看见有人站在门口，于是大声说：

“门没关，进来吧！”

进来的是罗汉的四舅，一个干巴老头。

“我也想、也想同你讨要一点百合……”他犹犹豫豫地说。

“没问题。您哪里不舒服？”

“浑身不舒服。不过我知道这不是病，我听金多说过了。我不想老是不舒服，我要挺起腰杆生活。”

“四舅，您太棒了！我觉得是您在教我生活。我这就去拿。”

她拿出了鲜百合，鲜茯苓，还有晒干的藿香。房间里香味四溢。

四舅眉开眼笑。

“这就是生活吗？啊？”他流下了一滴混浊的老泪。

米兰跑过来，扑进四舅怀里。四舅从衣兜里摸出两个菱角交给他。

“到处走走？用锄头挖一挖土，多栽些东西？”米益征求他的意见。

“是啊是啊，回去就尝试着做起来。米益姑娘啊，你是我们家族的自豪！我以前没有料到还可以这样……”

他捧着中草药出去了，边走边闻，还嘻嘻地笑。

米益倚门而立，身上披着太阳的金光。隐隐约约地，她真切地听到了从蓝山那边传来的女中音民歌。随着那歌声，杨伯走进了她家的园子。杨伯这些日子里总是喜气洋洋的。

“刚才，我们的小山包在起舞。”老杨向米益报喜说，“这种情况以前从来没有过！当时我在半山腰，它动起来了。我一下子没站稳，滚到了山脚。我一点都没受伤。奇怪的是我往下面滚时感到通体畅快淋漓，我还听见罗汉在旁边拍手欢呼。所以我连忙往你家来了。罗汉呢？”

“他去村里分送预防感冒的药去了。您这一说，我觉得他现在在山上。我们去那边看看吧。”米益说。

他俩一块走到药草山下。阳光下，那山静悄悄的，有一只碧绿的大蜥蜴在小路边一动不动地蹲着。

“我们从西边上去吧，这里有看门人把守，不让上山。”老杨轻声说。

米益随着老杨绕到西边那条路上。她有点紧张。

他们在半山腰碰见了罗汉，罗汉像喝醉了一般。

“蓝山那边传来了钟声，”罗汉说，“是世纪的钟声啊。我们的药草山就彻底苏醒过来了。我一听到钟声就往这里赶……它是多么兴奋啊！各种小动物都跑了出来……是因为我们种了药草，它才发生这种变化的吗？米益怎么看这事？”

“它是我们荒村的小山包啊。杨伯陪伴了它几十年，如今我们同它共舞，还有蓝山传来的信息，它感到了新生的喜悦！”米益说。

他们三个人并排坐在那块大石头上，太阳当空照，四下里静悄悄的，草丛中有什么东西在动。又是那同一只蜥蜴。米益想，这么快它就爬上来了，很可能它是来表达它的欢乐的啊！它是多么严肃地看着他们三个人，它只能用这种方式来表达欢乐。米益觉得它那另类的欢乐并不难理解。她蹲下来与它对视，热切地同它交流情感。老杨也走拢来蹲下了，他显得很激动，压低了嗓门对米益说：

“这位绿林好汉爱上了我们的米益医生。我知道它的心思。”

“您说说看？”米益向老杨耳语道。

但是老杨只是长长地叹出一口气。

蜥蜴缓慢地转身，消失在草丛中。

“这是动物中最顽固的种类。它的心思很可怕，但只是对它自己有危害。那种眼神……谁能不被它所打动？”

老杨沉浸在冥想中。米益则向前跑了几步，想追踪那小动物。

后来她想了想，还是退回来了。

“我也爱它。罗汉不会不高兴吧 ？”米益满脸红晕，变得有点结巴。

“怎么会呢，我都快掉泪了。”罗汉柔声说道。

老杨又感到了小山包在起舞。不过这一回，它的身体没动，它是在用意念发功。老杨随着那舞蹈的节奏一下一下地点头。

“它有多大岁数了？”老杨忽然梦醒了似的问。

“据说古代这里没有山，它应该是慢慢地从地面凸起来的。”

罗汉悠悠地回答了老杨。他说话时听见山肚里有个人也在说同样的话，于是“啊”了一声。山肚里的那人也“啊”了一声。

“这就是说，它一直在盼望。现在它终于来到我们中间了。因为出现了一个契机。对吗？”老杨说这话时就向米益望去。

“这个契机是我们三个人制造的！”米益大声说。

米益突然提高的嗓音在山肚里产生了“嗡嗡嗡”的回音，山体也发生了轻微的颤抖。

“啊，让我在极乐中死去吧！”老杨闭着双眼说道。

“杨伯，您的寿还没有尽。”罗汉说，“我听到小山包说，您还得享受更多的极乐呢。当年要不是您买下了它，我们就不会有这么好的运气。”

他们三个人进村时，平时略显淡漠的村民们见了他们就围拢来了，眼里闪着热切的光。他们似乎有话要说又说不出。

“小蒙姑娘，你要告诉我一件事，对吗 ？”米益亲切地问那女孩。

“是这样——我想养一只宠物，它是一只绿色小蜥蜴，它特别小。我家里的人要我来问您可不可以……”女孩含泪看着米益。

“太好了！小蜥蜴是出来找工作的，小蒙会给它安排很多工作！”

听了她俩的对话，村民们就一齐“哦——”了一声，然后都散了。

米益站在原地，一下子回不过神来。

“米益，这是我们村里的人想报答你呢。”罗汉说。

第二天清晨，米益一醒来就听见罗汉在同人高声说话。

“她不会离开荒村，这里大有可为呢！”罗汉说。

“我也是这样想的。我刚才是试探着问一下。”一个熟悉的声音说。

米益冲到门外，却看见只有丈夫一个人站在那里。

“是谁在说话？”

“是蓝山的林宝光医师。”罗汉耸耸肩说。

“这么快就不见踪影了！”

“我同他说话是在十分钟前。你刚听到吗？如果你刚听到，那就说明蓝山人的时间同我们不一样。刚才我大概进入了他们的时间圈。真神奇啊！”

“是很神奇。他认为我应该离开此地吗？”米益问道。

“他是来打探一下你有没有离开的意向。我觉得他是那种同时看着天空又看着大地的圣人。他是在催促我还是在鼓励我呢？”

“我们荒村人也是既看着天空又看着大地的人。”米益笑嘻嘻地说。

罗汉沉默了，他像米益一样感到了那种古老的情绪。

有一个人从园子外向他们走来，这个人是米益的病人。

“我的耳朵里面总在嗡嗡响，我要不要适应这种情况？”他问。

病人是四十岁的中年人，他很苦恼，但他的神情很亢奋。

“努力适应吧，会有转机的。”米益看着他的眼睛说。

“我有点明白了。这说明我还有某种力，对吗？”

“你还很有力量。我送你一朵红茶菌吧，拿回去好好养着。”

男人手捧着玻璃瓶，小心地走出去了。

“你说得对，”罗汉赞赏地对米益点头说，“荒村人同林宝光医师有同一种血脉。这让我们在生活中获得自由。”

“我现在每天都感到有做不完的工作，根本不敢松懈。”

“林宝光医师得到了他想要的答案。”

两人看见儿子米兰正在给那几株蓖麻浇水，他那聚精会神的模样令米益心中升起一阵喜悦之情。

又有人从外面进来了，是四舅，四舅今天看上去精神很好。米兰立刻朝四舅奔过去，两人缠在一起。

“米益米益，你四舅现在有自己的生活了！”他用沙哑的声音说道。

四舅离开后，一家三口站在家门前侧耳倾听，他们都听到了可疑的响声。忽然，三个人不约而同地跑向后院。

后院那口枯井在冒水，大片稀疏的草地得到了浇灌。儿子米兰狂喜地拍着手大喊：“妈妈，他来了！”他冲到站在浅水中的小娃娃身边，牵着他的一只手。

“你是谁家的孩子？”米益问小娃娃。

“我从那边来。我来看看这口井。我马上要离开。”他老练地说。

“他马上要走，妈妈！”米兰失望地哭丧着脸。

那孩子甩开米兰的手，很快就跑出了园子。

“米兰，你怎么知道他要来？”米益柔声问儿子。

“是约好的嘛。他来瞧我长大了没有。”米兰茫然地睁着眼。

罗汉和米益两人都感到鼻子发酸。

大树缝里的一条阳光落在米兰小小的身体上，米兰一动不动地站在原地。他已经显出了坚毅的性格。

罗汉在回忆。他记得这口井在他的少年时代就枯了。那时他常躺在井边，梦想着水从地底向上冒。但奇迹一次也没发生过，大概是他的性情所致。“冲力多么大啊！”他说，“这都是因为米益医生啊。”

“因为我？你对我的能力估计得太高了。”米益说，“是因为荒村这地方的地气旺吧。”

“米益才是真正的荒村人。”

“谢谢你，罗汉。”

井里的水落下去了。三个人都站在井沿往下面看，他们看见那井水离他们越来越远，水井成了深不可测的黑洞。然而还可以听到美妙的水响。

“它会常来的。”罗汉说道。

“我的乌龟！我的乌龟！！！”米兰尖叫道。

乌龟一翻身就掉下去了。井底响起海浪一般的声音。

米兰安静下来了，坐在井沿发呆。

过了一会儿，米益小声问儿子：

“米兰，你想通了吗？”

“想通了，妈妈。龟从这里下去回家了。它还会来的，它喜欢同米兰一起玩儿。妈妈，我们回去吃饭吧，我饿了。”

那天一家人早早地睡下了。可是半夜里，米益听到儿子房里的响动。

“米兰，深更半夜的你到哪里去？”米益严肃地问儿子。

“我好像听见我的龟回来了，在那边山里爬呢。妈妈，你还记得吗，它答应过我的。”

“好孩子，我是听见它答应过你，不过我想，它不会这么快就回来。龟是很慢的，对吧？”

“妈妈觉得我应该等多久？”

“米兰先要学会等，然后才会弄清要等多久。”

“等是怎么回事呢？”

“就是想那些有趣的、快乐的好事情嘛。”

米兰放下那只准备用来装龟的布袋和手电，脱下帽子和外衣，重新回到床上去了。一会儿他就打起鼾来。

米益和罗汉也回到了他们的卧房里。他俩相拥着在屋当中站了一会儿，两人都激动而紧张，因为他们也听到了那种声音。蓝山的龟，的确在往他们这边爬过来。

“这种运动已经持续了几万年了。”罗汉轻声说道。

灰句

小勺还是走了。灰句每次想到这事就一阵一阵地心痛。有时候，他觉得自己已经想明白了，但过一会儿又觉得自己想不明白。

那天是个阴天，不过没刮风。灰句兴致勃勃地同小勺上了牛栏山。他一直惦念着断崖那边的一片斜坡，那里生长着不少野百合，他去年去坡上采集过一次。但是小勺看上去兴致没有往日那么高，偶尔还有点心不在焉。灰句心里想，小勺是太累了，她工作起来是多么卖力啊！他应该更多地关心她，比如今天，本应让她待在家里休息，可他因为自己兴致高又拉她上山了。看来他灰句仍然没有学会体验别人的心思，他总是犯老毛病。

就在灰句懊恼之际，他的视野里忽然出现了一只黄色的大家伙。“虎！”灰句一边吐出这个词一边拉住了小勺，不让她再往前走。

虎在前方的松树林里怡然自得地来回走动，它好像看见了这边的两个人，又好像没看见。但有一点是肯定的，那就是它不打算袭击这两个人。

不知为什么，小勺竭力要挣脱灰句的手。

“你想干什么，小勺？”灰句焦急地问。

小勺凶狠地瞪了灰句一眼。灰句从小勺的眼神里看到了从前那个小勺，他既震惊又沮丧，后来又感到暗无天日。就在他感到暗无天日之际，小勺愤怒地挣脱了他的控制，不顾一切地跑向那只东北虎。

虎立刻叼起了小勺，它将她往那边的灌木丛里拖。灰句像疯了一样冲上去用二齿锄挖它，但他每挖一下都挖在了地上，而那只虎叼着小勺很快就撇下了他，跑得不见踪影了。只有小勺的激动的声音在空中回荡：“灰句，我这就走了，不会回来了！你好自为之吧！”

现在是灰句独自站在那里了。他看见了断崖，也看见了坡上那些野百合，野百合的对面还有好几种药草。可现在这些药草在他眼里不再有吸引力了，他觉得他正用另一个人的眼睛看它们。那天发生了什么？也许只不过是小勺为了离开他而演出的一场戏？但那确实是一只真正的虎，他清晰地听到了它的脚踩在枯叶上发出的声音。如果不是真虎，小勺也不会那么激动，他了解她性情的这个方面。那么，她是出于冲动去同虎会合了，她已厌倦了他们的工作。灰句设想了几个小勺同东北虎在一块的场景，竟也有些激动。激动过后又是暗无天日的感觉。他就这样激动一阵又绝望一阵……最后，他终于慢慢地冷静下来了。“我会成为亿医生那样的人。”他对自己说。他挖了一些野百合，拖着沉重的脚步下山了。

他回到家里时已经是傍晚了，他不明白时间怎么会过得这么快，按常规计算，应该是中午刚过啊。

灰句吃饭时，爹爹正在记账。灰句没有注意爹爹，爹爹却在观察他。他刚一吃完爹爹就过来坐在桌旁了。

“灰句，小勺下午同我们告别了。我祝她好运。她是个勇敢的女孩子，在外闯荡不会吃亏的，我们不用担心她，对吧？”

“对。可这到底是怎么回事呢？”灰句茫然地说。

“人生中总有些暂时无法解释的事。灰句，今天下午你没回来时，我和你妈坐在这里朝窗外看，我们看见了二十年后的灰句，你相信吗？”

“我是什么样子？快告诉我吧！”

“你穿着一身黑衣服，脸被一顶很大的布帽遮住。”

“就像蓝山那些黑衣人一样？天哪！”

“小勺为什么抛弃我？”他又说。

“她是在挣扎中啊。灰句，你自己不也挣扎过吗？”

“我有点明白了。”

灰句到厨房里去洗碗，洗着洗着，他的心情就没那么忧郁了。水池边的墙上停着一只绿色的小蜥蜴，它以难以觉察的极慢的速度在移动。灰句盯着它，被它深深地感动了。他在心里说：“我一定要像它一样顽强……今天是星期三，让我记住这个日子吧。”

“时间不早了，已经半夜了，灰句快休息吧。”爹爹在那边卧房里说话。

灰句吃了一惊——时间过得多么快！他灰句的时间会不会过得越来越快？这该有多么不合他的心意啊！看来他此刻必须休息了，否则明天就没有精神干工作了。那么摒除一切杂念和伤感，向那蜥蜴学习吧。灰句想到这里就打定了主意。

他洗完澡就上床了。他强迫自己的思绪往黑暗的处所钻，过了一会儿，他就入睡了。黎明时分他听到了小勺的笑声，于是惊醒过来。他蹑手蹑脚地走出家门，来到园子里，他感到自己的精神十分饱满。

他背着锄头往亿医生的药草园走去。他打算在吃早饭前去园子里干一会儿活。

在灰句的家中，他的父母通宵未眠。直到爹爹从窗口看见灰句走到外面去了，夫妇俩才松了一口气，躺下去进入睡眠。他俩醒来后，灰句的妈妈说的第一句话是："我们家的灰句属于晚熟型的。"爹爹则回应说："这种安排也不错，是吗？"然后两人就笑了起来。

这边灰句在药草园里锄草，他干得正欢，一抬头看见了亿嫂。

"小勺走了。"灰句说。

"我知道了，她来过。灰句，你长成男子汉了，你是云村最好看的男人之一了。我和老亿刚才还谈起你呢。"

"您这样说，我感到很欣慰。您放心，我不会像以前那样轻浮了。"

亿嫂离开后，他又干了一会儿，他明显地觉得痛苦已经离他远去了。"现在我多么踏实啊！"他对自己说。他将地里的杂草锄完了一半。

灰句走在那条路上时，听见有人在他背后议论他。

“他一直很有型，可我们没注意到他。现在他成了赤脚医生，一下子就变得出类拔萃了。”

灰句回头一看，看见了爹爹。

“爹爹，是谁在同您说话啊？”

“没有人说话啊。也许你听见云村在说话？好啊，灰句，这说明你如今变得很重要了。”

“我怎么会变得重要了呢？”

“你当然重要。每个云村人都应该这样。你以前认为自己不重要，破罐破摔，所以那时你不重要。”

灰句听了爹爹的话就笑起来。父子俩一同停下来看天。那蓝天好像与往日有些不同，出奇的又高又远。而他们的视力，仿佛穿透天空到了天外去了。灰句问爹爹，从前自己怎么会是那个样子，爹爹就说那是因为他还没有接触药草吧。又说不爱植物和动物的人，怎么会知道自己的重要性？幸亏灰句不是那种人，只不过是成熟得晚罢了。灰句仔细想了想，觉得确实如此。他又觉得从前那种蒙昧的生活很可怕，那时的他，一不留心可能就活不下去了。“现在算是走上正路了。”他轻松地对爹爹说道。看完天，他俩又蹲下来，采集了一些酢浆草和扁蓄，打算带回去配药，因为邻居患了尿路感染。灰句一边采药一边想，以前他一点都不注意这些美丽的小草，所以它们也不注意他。于是他成了孤家寡人，成日里自怨自艾自怜，显得那么做作。啊，这些草！它们多么欢乐地迎接他的采摘，因为渴望生命中的旅行！那将是一趟伟大的行程。

小勺离开后的第五天上午，灰句正在房里制作草药，山崩就发生了。

灰句立刻跑了出去，而他母亲追着他喊：

“灰句，灰句！你到哪里去……危险！”

“我去亿医生家……她今天去采药了……”

灰句的声音越来越小，很快被风吹散了。这位妈妈跌坐在地上。

在药草园里，灰句看见了亿医生和亿叔，他们正手搭凉棚站在那里观察牛栏山呢。三个人都闻到了浓浓的硫黄味。

“啊，亿医生，您已经回来了……”灰句说道，全身如散了架一样。

“真险啊，泥石流快到村头了。”亿叔说，“幸亏我们早早得到了信息。亿医生是有福之人，灰句你说是吗？”

“是谁送来了信息？”灰句问，一边将手放在胸口。

“是林宝光医师啊。蓝山过来的卫士拦下了亿医生，让她马上回家。你瞧，她毫发未损。她说她是飞回来的，泥石流追不上她。”

灰句想象着亿医生飞翔的样子，不由得微笑了。这时他才注意到自己是站在亿叔的伞下，全身的衣服已经湿透了。

亿嫂催灰句去她家换衣，三人就一起回到家。

灰句走到里面房里，换上亿叔的宽大的衣裳出来了。

“你亿叔忘了说陶伯的事。”亿嫂转向灰句，“我在山上看不见陶伯，可他总在我耳边说，回家吧，回家吧。他还说他现在已经不再在乎这里崩掉一块，那里崩掉一块，可我得小心翼翼。于是我马上下山了。灰句，你瞧，到处都有好人在保护我。你也有这种感觉吧？”

灰句噙着泪点头，想起不久前的事，他思绪万千。

这时外面雨停了，好像又出太阳了。屋里的三个人都很惊讶，于是一齐向外走去。他们一直往泥石流冲过来的方向走去，很快就到了村头。又往前走了一段路，便看见了泥石流。这是什么种类的泥石流？灰句带了一根木棍，他用木棍拨弄脚下的泥土类的东西。老天爷！它们是煤！这一大片上等的煤从牛栏山的半山腰倾泻下来，一直堆到了他们的脚下。多么慷慨的馈赠啊。灰句感到自己的脸发烧，就像这些煤已经燃烧起来了一样。一会儿他们就听到了村民们的喊叫。

“煤，煤啊！是煤啊……”

他们挑着箩筐跑过来了。男女老少都喜气洋洋。

三人回去的路上，灰句不住地说话，刚发生的事太令他振奋了。不知为什么，他向亿医生和亿叔说起他小的时候误入祖屋的事。那栋屋已经不存在了。当时他疯跑进去，立刻失去了方向感。他尝试了多次都没找到可以出来的门。屋子里很黑，他不敢进去，就在庭院里冲过来冲过去的。不论他往哪个方向冲，碰到的都是墙。他很想在墙上做些记号，但找不到粉笔。绝望中他终于想起来叫爹爹。爹爹马上就出现了，毫不吃惊地走过来牵了他的手，将他领出了大门。“这是我们的祖屋。”爹爹告诉年幼的灰句说。他注意到爹爹后来从不对任何人提起这件事。

“祖屋到底有没有？”灰句迷惑地向空中发问。

“我们的灰句真了不起！”亿嫂和亿叔异口同声地称赞他。

“什么了不起啊？”灰句问。

“你从祖屋出来了，这件事了不起！”亿嫂说。

“可我是糊里糊涂跟着爹爹出来的啊！”

“糊里糊涂！”亿叔惊叹道，然后大笑。

亿嫂也在笑，灰句一时跟不上他们的思路，感到怪不好意思。

回到自己家里，灰句好长时间平静不下来。窗子外面，村里的人们挑着煤，唱着山歌经过，一派节日景象。灰句记起自己也应该去挑些煤回来烧，于是挑了箩筐向外走。

爹爹站在院门口笑眯眯地看着他，说：

“挖煤的时候，可要四下里仔细看一看啊！”

“会有什么事发生吗，爹爹？”

“走着瞧吧。这种事总是这样的，要走着瞧。就好像我们去采药……”

爹爹没有说完。灰句想，爹爹是要自己猜测某件事。于是他分外留心起自己的举动来了。

灰句在路上遇见了也是去挖煤的保安小强。小强说他这是第三趟了，他妻子快生小孩了，要多攒些煤。

到了目的地，灰句开始东张西望，因为他听到了狼嗥，是从地底发出的声音。他尝试着在周围走了走，好像不论他走到哪里，那狼就在他站立的地方嗥叫，使他害怕。他不敢挥锄挖下去。他看了看身边的小强，感到这家伙同他正好相反，哪里有狼的叫声他就朝哪里挖，很疯狂。一会儿他的箩筐就满了。

“灰句，你在想你的爱人吧？”小强嘲弄地问道。

他说完就挑起那一担煤，稳稳当当地往家里走。灰句呆呆地站在那里看着小强远去的背影。地底的狼嗥渐渐地减弱了，变为呜咽，但仍追随着灰句，不论他往哪边走都追随着。灰句倾听着，直听得泪流满面。他怎么能朝它挖下去呢？它藏在煤的下面，它是一位山神啊。从前他挖过那条蟒蛇，那是因为他不认识这些山神，所以他才会那么冷漠无情。天暗下来了，灰句向周围看去，看见煤静静地堆在他脚下，似乎在等待他做出决定。

他转身回家了，挑着一担空箩筐。

“我家的灰句已经学会了深思熟虑。”

爹爹从账本上抬起头来说了这句话之后，就转身去拿酒。

一家三口默默地干杯，为牛栏山，也为灰句。

灰句一边喝酒一边聚精会神地看着窗口，那里有个黑影，是一只狼的脑袋。那该是一只多么英俊的狼！

爹爹背对着窗户，不知怎么也感到了狼的临近。他对灰句说：“这是牛栏山送给你的独份礼物。瞧你有多幸运。”

灰句走到门外，看见狼已经退到了院子里，一会儿它就从院门那里走出去了。微风吹在脸上，他闻到了兽皮的味道。

“它是从山上下来的吗？”灰句问道。

“我看它也许是从小勺那里过来的。”母亲微微笑着说。

“嗯，完全有可能。”爹爹也说。

月亮升上来时，隐约的狼嗥给灰句带来了幸福感。现在他已经不再盼望小勺回到他身边了，他认为那已经不再是最重要的。

“瞧他多么稳重，他的样子令我想起那位祖先。”

一位村民指着灰句的背影这样说道。

灰句的针灸技术在云村的名气越来越大了，现在几乎每天都有病人来找他做治疗。自从他在自己的身体上将那些主要的穴位都操练了一番之后，他对人体的看法就完全改变了。或者说，他完全被人体——这老天的精致造物所迷住了。当小小的银针扎进体内时，他的视觉也跟随它进入到了人的体内。他感到惊讶，因为他凭着对银针的手感的确“看见”了黑暗处所的种种情况——内脏的运动，神经的病变，肌肉深部的反应，等等。正因为“看见”了，他的针法也就随机应变，给病人带来缓解或带来功能的提升。有时某个病人会在疑惑中试探他，问他：

“灰医生，你看我有病吗？”

灰句就笑一笑，让他躺到治疗床上去。他知道他有病。他在他身上留了几根短针后，用一根长针扎入“环跳”穴位。病人立刻呻吟起来了。

“灰句，灰句，你救了我啊！”他激动地说。

灰句不动声色地坐在旁边观察他，他能清晰地感觉到病人的神经对银针做出的反应，他对这种反应很满意。当病痛的缓解到来时，灰句总是“啊”一声，那是他叹气的方式。这时他便想到，却原来人的痛苦完全可以传达给别人，他通过针灸疗法才知道了这一点。以前的二十多年里头，他就像被蒙上了眼睛的人一样，混混沌沌地活在世上。就说眼前的这位同辈人吧，灰句通过银针对他的身体立刻熟悉起来了。这身体是多么敏感而又充满热情！为什么他灰句从前一点都没觉察到呢？

“灰句，你真是个贴心的好医生。”病人一边穿衣一边说。

“这是普通的医疗技术。”灰句腼腆地说。

病人离开前忍不住拥抱了他一下。

那件怪事发生在半夜。灰句一觉醒来，感到了他所熟悉的身体的痛苦。他立刻穿好衣服，背上医疗箱，在黑暗中摸索着往外走——他不想惊动自己的父母。

“灰句，你上哪儿去？”妈妈在那边房里问他。

“我去一趟葵医生的诊所。”灰句声音含糊地回答。

这天夜里特别黑，路边的草丛中各种各样的虫子闹腾得很厉害。是一个有不祥征兆的夜。葵的诊所离得并不远，但灰句打着手电走了好一阵还没走到，就像脚下的那条路在自动延伸似的。又因为焦急，灰句身上冷汗直流。当他还在那条路上挣扎之际，忽然就听到有人说话，一只伸出的手将他一把拉进了屋里。

“傍晚时分你刚进屋那会，我就料到了灰句会来。”

葵对小勺说。而小勺，正蜷缩在诊疗床上呻吟。

灰句立刻打开医药箱拿出了银针。他开始消毒。

“救救我，灰句！我快痛死了！啊……”

一针扎下去，小勺的身体弹了起来，然后落下去，一动不动了。

“灰句，亲人……我怎么会离开你的？”她轻轻地哭着说。

在银针和艾灸的作用下，大约过了一小时，小勺感到自己背部的疼痛几乎完全消失了。

“小勺，只有灰句可以用手指头看见你的病痛。你同他回家吧。”

小勺听了葵的话，眨了眨泪水未干的眼睛，说道：

"他是天使，我是恶魔。我同他在一起就会害死他。我还是走吧，趁着天还没亮，走得远远的。"

她很快地收拾了自己的东西就出门了，连看都没看灰句一眼。

"灰句，别灰心。瞧她多么爱你。"葵看着他说道。

"嗯。爱过了就应该满足。我没料到我还能帮她治病。"

"你是真的满足吗？"

灰句认真地点了点头。他是真的满足。当他帮小勺扎针之际，他的脑袋里一闪一闪地发光，他甚至看见了自己的祖屋的轮廓。

他走出了门，又回过头来对葵说道：

"葵医生，我爱小勺，我也爱您。今天夜里我进入了天堂。"

外面仍然很黑，那些虫子仍然在草丛里闹腾得厉害。灰句盯着黑暗的深处用力看，忽然就看到了自己的祖屋的大门里头的两样东西——一张八仙桌，桌上有一把精致的茶壶。那景象只闪亮了一瞬间就熄灭了。

"你还来吗，灰……"声音嘶哑的老人说。

然后老人的身影渐渐消散了。

灰句深情地想，他当然还要来，他总是要来的。他注定了今后要与小勺以这种方式相见。银针多么好啊，这吉祥物连接着她和他的命运。现在他有点明白自己的职业的意义了。他加快了脚步，他一点也不沮丧，相反，他觉得很自豪。远远地，他就看到了自己家的灯亮着。父母是多么爱他，为他担忧啊！他现在可以让他们放心了。

他吹着口哨进了屋。

"灰句，你还来得及睡一觉，会做好梦的！"爹爹在那边房里说。

“是啊，爹爹，我盼望着这件事呢！”

他轻易地在草丛中入梦了。那些虫子围绕着他在闹腾，他又进入黑暗深处。他开始了去老屋的旅行。有人轻轻地拉住了他的一只手，他知道走在身旁的是谁，他要不回头地走下去。

灰句并不认为自己是天使，相反他像小勺一样也常认为自己是恶魔。现在虽然他为人治病的积极性很高，工作也很投入，但在某个阴雨连绵的日子里，他会突然产生杀戮的冲动。那对象往往是蛇、蜥蜴，还有一种俗名叫“七叶一枝花”的药草，要不就是蒲公英——这种到处生长的药草让他发狂。奇怪的是虽有杀戮的冲动，他却一次也没有伤害过这些动植物。而且随着年龄的增长，他感到自己作恶的可能性越来越小了。他蹲下来，瞅着那条小绿蛇和蔼地说：“我有点老了，这是好事……你怎么看这事？”小蛇一动不动，完全没有反应。但灰句能感到自己与它的交流。灰句被这野物打动了，他从它身上看出了自己的愚蠢。

春雨滴答的夜晚，灰句往往听见一位女人从远方向他走来。这个女人的相貌并不像小勺，但却是他真正渴望的那种——柔韧、结实，不太年轻了。她也像他一样具有一种有穿透力的目光。她能看见灰句体内的隐疾，不过她并不为他的隐疾担忧。她坐在他床头，搂着他的脖子告诉他说，他的病是良性的，不但损伤不了他的体质，还对他的身体健康有促进作用。这话灰句听了心里很舒坦。灰句记得有一回，他同她一块摸黑溜进后面房里，倒腾那些中草药。灰句对她说：

“你不是小勺，你和她长得完全不一样。”

“可我就是她。”女人说。

爹爹在那边房里一咳嗽，女人就消失了。灰句的手在空中划来划去的，总是扑空。但他知道她离得不远，他还知道她不是小勺，只是同小勺有点相像。他希望雨停下来，免得把她的衣服和头发打湿。

“灰句，你找到新的爱人了吗？”爹爹在早上问他。

“好像是。不、不是。”灰句说。

灰句开始注意村里的老人了。这是些他从前完全忽视了的人群。从前，他不但不与老人打交道，连看都不看他们一眼。后来葱爷爷虽在某种程度上改变了他的看法，但他还是很少同老人交往。

转变是一位绰号叫“胡子”的老爷爷带来的，灰句称他为胡爷爷。

胡爷爷很瘦，身上皮包骨头，喉咙里一年四季都有痰。奇怪的是他的眼睛格外明亮，目光有时像刀子一样。平时灰句见了他总是躲。

“胡爷爷同我们家还有亲戚关系呢，”爹爹说，“灰句啊，你长得像他，我早就看出来了。”

但是灰句觉得自己一点都不像他。他是方形脸，胡爷爷却是丝瓜脸，相差太远了。也许爹爹这句话是别的意思吧。爹爹让他去为胡爷爷扎针，减轻他的痛苦。实际上胡爷爷看上去一点都不痛苦，见了爹爹就笑呵呵的。

“您怎么知道他很痛苦呢？”灰句问爹爹。

“他胸膛里的那些东西同我有交流嘛。”爹爹回答。

于是灰句就很惭愧，因为他没有看出胡爷爷的痛苦。

他背了医药箱去胡爷爷家。胡爷爷家门口有一座他自己砌的假山，那假山很大，山上有两只小猴跳来跳去的。小猴也是胡爷爷养着的。

灰句在胡爷爷身上取了“天突”和另外几个穴位。一针扎下去时，灰句吓了一跳，因为他不仅清清楚楚地看见了胡爷爷的肺部和那些肺泡，他还看见了他那搏动着的心脏。灰句感到有点头晕。

“没关系，灰句，我没什么需要遮掩的。”胡爷爷清清楚楚地说道。

过了一会儿，灰句放花的眼睛才慢慢恢复了原状。他又将另外的几个穴位也留了针。他不敢再仔细打量胡爷爷的内脏了，他害怕自己会晕过去。

灰句用指头捻着银针时，胡爷爷喉咙里的痰就不见了。灰句瞥了一眼，看见支气管和肺叶都变得清亮了。胡爷爷说不出话，就用手抓着灰句的手来传达他的感激。治疗完毕后，胡爷爷长长地吐出一口气，说：

“那个时候的玫瑰啊，隔着一里路都能闻到它们的香味！灰句，你愿意同我去看从前的玫瑰吗？”

“我们约定一个时间吧，胡爷爷。”

“不，不能约。我们会见面的。我真舍不得你，灰句。”

胡爷爷送灰句出门时，灰句闻到了浓烈的玫瑰香味。灰句问他是不是在后院栽了玫瑰，胡爷爷说没有。接着他就笑起来，说：

“如果一个人白天黑夜都想着同一种植物，那种植物就会萦绕着他。”

灰句经过假山时，小猴们跳起来消失在假山后面。两只猴的动作扇起一股风，灰句在心里将它称之为“玫瑰风”。灰句变得神清气爽了。他想，成日里思念着玫瑰的老人，即便患有慢性病，也是生活在快乐之中啊。他的脑海里出现了老人那清亮的肺叶。“他是哪个朝代的人？”灰句说出了声音，他的声音嗡嗡地在空中响着。

“他没有什么需要遮掩的，我什么全看见了。”灰句告诉爹爹。

“当然啦，他是一位胸怀坦荡的老人。你喜欢他吧？”

灰句就使劲点头。

“从前，他领着大半个村子的人们走出了火海。”爹爹又说。

“现在他被玫瑰围绕着……我先前从未想到过，一位老人，就在我身旁，过着这么美妙的生活，清洁的生活……爹爹，你认为他也是山神一类的老人吗？”

“要不能是什么类型的呢？”爹爹也陷入了沉思。

灰句就日日想着同胡爷爷去看从前的玫瑰的事。但是胡爷爷在每天的治疗中都没有提起这事。那一天，一个疗程完毕了，胡爷爷的气管炎也好了一大半。胡爷爷拉着灰句的手，指着窗口那里问他看见了什么没有。灰句仔细朝外看，什么都没有看到。

“那就用力闻一闻吧。”胡爷爷说，“是从前的玫瑰来了。”

灰句用力闻了好一会，并没有闻到玫瑰的香味。

胡爷爷拍着他的肩头说：

“不要灰心，多闻几次就闻出来了。它们总是从窗口那里进来。你在家里睡觉时，到了黎明时分如果警醒一下，它们就来了。这种能力可以操练得出来，尤其是你这样的小伙子。”

胡爷爷这样一说，灰句就警醒起来了。但玫瑰不是在黎明时分的朦胧中到来的，却是在大白天，在亮晃晃的阳光中来了——完全出其不意。

那件事有梦幻色彩，灰句已经忘掉那些细节了。他在药草园里干活，亿医生和亿叔都出去了，常来的那只黄鼠狼突然径直朝他奔来。灰句迷惑地揉了揉眼，然后就惊骇地发现了它背上的那把水果刀。他抱着它奔向他放在地头的医药箱。他机械地打开医药箱；机械地拔出水果刀；然后机械地替它消毒，包扎伤口，喂它吃药。黄鼠狼软绵绵的，半闭着眼，像是快死了一样。灰句看着它的眼睛，忽然感到了一种从未有过的彻骨的悲哀。过了一会儿亿医生夫妇就回来了，那之后的事他就一点记忆都没有了。也不记得自己是怎么回的家。爹爹让他坐在院子里的靠椅上。他晒着太阳，记起了黄鼠狼，于是闻闻自己的手，想知道有没有留下臭味。但是没有。再用力闻，就闻到了玫瑰香味。他反复打量自己的手，心中纳闷：那奇臭无比的小动物怎么会是这种气味？他一回头，发现爹爹在看着他笑。

“灰句啊，你到后院去看看吧。”爹爹说。

他俩一块走到后院。灰句看见沿围墙生长着一线玫瑰，花儿开得正旺。空气中香味扑鼻。灰句问爹爹是不是他栽的玫瑰，爹爹说没人栽，玫瑰是自己生长出来的。

“到处都有种子。再说，你不是在念想着它们吗？”爹爹朝灰句眨眼。

“嗯。我也念想我们的黄鼠狼……”

“其实啊，黄鼠狼夜里来过了，它同玫瑰属于同一个家族。”

爹爹这样一说，灰句就明白了他的意思。灰句又想，他同小勺也属于同一个家族吧。现在他俩虽不在一起了，但相互都对对方的一举一动有感应。那么小勺住的地方会不会也长出玫瑰来呢？

父子俩蹲在那里看玫瑰，一边看一边听那些脚步声。并没有人走过，却有脚步声。两人都心知肚明，沉浸在那种意境中。

看见妈妈走过来时，两人同时站了起来。

“我儿现在变得有能耐了。”妈妈噙着泪说，“我看见玫瑰长出来，便想起灰句小时候的那些事。”

“妈妈，灰句给您添麻烦了。”

“瞎说，瞎说。”

太阳仍是亮晃晃的，一丝风都没有。但花儿们却在随着整齐的脚步声一下一下地点头！

“我的天哪。”灰句小声说。

然后三人一齐听到了有人在敲院子的门。

“胡子！”爹爹唤道。

爹爹大步流星地走过去开门。

灰句在葱爷爷屋里坐下时，感到有点神情恍惚。葱爷爷告诉灰句，最近他服用了一种罕见的中药，腰椎已经变得强壮了许多。葱爷爷说着就做了几个武功的动作，灰句看呆了。当葱爷爷停下来的时候，灰句发现老头的上半身和下半身在空中分离开了。灰句心里发虚，忍不住伸手去那空当探了两下。

“啊！啊……”他倒抽一口冷气。

“嘿嘿，这是常有的事。”葱爷爷说。

“您怎么可以——”

“你也可以嘛！你可以假设你患了病——谁没有病？假设你患了一种病的话，你可以像我这样给这个病留出活动的场所。灰句啊，这还是当年你爹爹教给我的办法呢！那时你还没有出生，你爹爹得了怪病，瘫痪了，一直躺在床上。我去看他时，发现他一点也不沮丧，他在同他的病做游戏。在游戏中，他激动得手舞足蹈的，哪里像个瘫痪病人！他一天一个花样，做各种游戏，做得那么投入。后来有一天，他就站起来了。”

葱爷爷说了这些话之后，就叫灰句去门外瞧瞧。

灰句走过去推开门，便闻到山里吹来的风的味道。葱爷爷说是黑衣卫士在向他传递信息。因为他并不常做那些动作，他只要一做，那些黑衣卫士就知道了，就激动起来，赶忙要同他联络。他问灰句此刻有什么感觉，灰句说感觉很舒服，此刻可以听到蜜蜂在牛栏山里嗡嗡地唱歌。

“您服用了什么中药？”灰句问道。

“其实也就是一般的常用药，是大血藤，我在山里采到的。只不过这株藤的生长环境有点特别罢了。有时候，一种特殊的生长环境会使得药性完全改变，产生意想不到的效果。”

“葱爷爷，您能向我传授经验吗？”

“不能。这要靠你自己亲身经历。”

“我多么想经历一下那种事！”

“你今后有的是机会。”

灰句低头走着，心里有些沮丧。他想，已经两年多过去了，自己在医术上并没有多大进步，亿医生会如何看待自己呢？他左右摇摆，虚度了很多光阴，到头来会成为什么样的人呢？忽然，他听到陶爷爷在对他说话。

“灰句，你小子今非昔比了啊，居然让那些玫瑰为你开花了！”

灰句朝四周看了看，没看到任何人影。他微笑了一下，情绪变得明亮了。在路的尽头，黄鼠狼匆匆跑过。他在心里说道：“我要继续采药、制药，我也要栽培药草。做一名药农是幸福的。”不是连死去的陶爷爷都看到了他的幸福吗？他的幸福同他的爹爹连在一起。好多年里头，他都不知道爹爹是什么样的人，只知道他是云村的会计。今天听葱爷爷说起爹爹和他的疾病之间的故事，他真是心潮起伏！原来他灰句有着这么了不起的父亲和母亲啊，原来他是因为在他们的暗中影响下才对药草产生兴趣的啊！这时他想到了一件事，一件他这一辈子都会乐此不疲的工作。什么工作？就是他刚才说出来的工作。迎面走来的圆有西大妈的儿媳大声对他说：

“你看起来满面春风！”

“细辛嫂，刚才陶爷爷来过了吗？”灰句问道。

“来过了，又回山里去了。”

“云村真好呀，古人和今人生活在一起！”

“我可是今年才知道这件事的。看来灰句比我知道得早！”

“不，不比你早，我刚刚知道呢。”

四周有脚步声响起，他俩对视着，都沉默了。

灰句告别了细辛往亿医生家走，路上又遇见了一个人。

这个人是蓝山的黑衣卫士，但却没穿黑衣，也没戴黑头罩，就穿着普通的农夫的衣服。即使他穿着普通衣服，灰句还是认出了他。

“卫士，您上哪儿去？”灰句问他。

“我一直在这里等你。现在等到了。我要走了。”

“怎么就走？您既然等我，总是有话要对我说吧？”

“不，我的话一向很少。”

卫士急匆匆地撇下灰句走了。灰句看着他的背影。当背影变得越来越小时，灰句就落泪了。他回想起自己第一次见到这位卫士时，他夹在很多人中间，正弯下腰系鞋带。他系鞋带时，后面的人将他推倒了，踩在他身上走过去。灰句至今还记得他那痛苦的表情。灰句想，今天他在路上等他，这举动表示着什么？他四下里看了看，发现卫士站过的路边有野玫瑰，不少花苞正在缓慢地开放，一朵，又一朵……灰句的两眼发直了。显然，不是他，而是卫士使得花儿在开放，可花儿却是为他灰句在开放！他情不自禁地蹲下来，将左脸贴着两朵花儿，于是又听到了脚步声。他抬起头，看见一队黑衣卫士正往牛栏山里走去。他们走走停停的，有一个人的侧面看上去很熟悉。

“喂！喂！”灰句挥手向那边山里喊道。

那些人停下来了，似乎打不定主意要不要继续走。后来他们就继续走，走进深山看不见了。

灰句的思路在玫瑰花香味里变得分外清晰。他喃喃地说：“黑衣卫士啊，很多年以前，我还小的时候，在牛栏山脚下遇到的那个人是您吗？您还会来同我会面吗？”

第二十三章

尾声

春天来了，站在云村那条路上，又可以看见牛栏山上山花烂漫了。

看见山花，麻二嫂便决定给丈夫去上坟了。刚才亿医生已给她送来了一瓶草药。不知怎么，麻二嫂一点都不悲伤，她兴冲冲地梳妆打扮，还穿上了自己做的绣花鞋。女儿云姑站在一旁看着妈妈，心里也很高兴。

“死鬼一肚子诡计，他一个人在岩洞边乐得清静！”麻二嫂说。

“我看爹爹今天会心花怒放！”云姑说。接着又话锋一转，小声问：

“泥叔不会吃醋吧？”她指的是继父。

“他巴不得我快走，他要召朋友来家里喝酒。他还说，他将来也要埋在岩洞边，我们三人埋在一块，这样云姑一家人来上坟就方便了。听说现在像我们这种情况埋在一块的人越来越多了。”

麻二嫂将玻璃瓶放进布袋，欢欢喜喜地出门了。

刚走出院门，她就注意到了一件事，于是大声唤云姑出来。

“你们把镜子弄到哪里去了？”云姑说。

“赶快将它放到原地方！”她指了指院墙上面，“爹爹今天肯定要回来的，你忘了吗？”

云姑跑进屋去拿镜子，麻二嫂这才放心地上路。

走了没多久，麻二嫂就听见歌声了。她变得泪眼蒙眬——是麻二叔在唱，声音不大，充满深情。

“死鬼！死鬼。”麻二嫂说，听一句歌点一下头。

她快到山间的岩洞那里时，歌声就停止了，四周变得静悄悄的。

“麻二叔，你这就喝药吧。”麻二嫂一边将药水倒在坟上一边说。

草药的芬芳立刻弥漫开来。

“妈妈，妈妈……”云姑喊道。她气喘吁吁地爬上来了。

“什么事？”麻姑问道。

“是镜子……我觉得爹爹已经回家了！”

“镜子怎么啦？”

“镜子里很多梅花鹿！如果不是爹爹招来的，是谁招来的？爹爹打猎时从来不杀梅花鹿。可是我朝那片树林望过去，又并没有看见鹿！它们只是在大圆镜里头奔跑！我回想起最后那一年，爹爹老对着镜子打手势，还吹口哨……”云姑的样子很苦恼。

“原来这样，我们回家吧。死鬼，死鬼！”

麻二嫂口里骂他，心里其实很高兴。她觉得今天是个好日子，风轻云淡，麻二叔唱着山歌回家了。

母女俩下山时沉默着。可是来到院墙边，一齐对着那面圆镜时，她俩什么都没看到，镜子里只有那片树林。

“爹爹等得不耐烦了。”云姑沮丧地说。

“瞎说，瞎说！”泥叔端着酒杯出来了，“你们走了之后，我同麻二好好地对饮了两杯！我不是说了要召朋友来喝酒吗？说的就是他。我怕云姑阻挠我们，就将她哄走了。哈，多么美好的友谊！”

麻二嫂不停地抹眼泪，接着又不停地笑。

“他说了要经常回来看看。”泥叔宣布说。

“那鹿是怎么回事？”云姑问道。

“是我同你爹爹一块召来的嘛。我从前也打过猎，它们也认识我。”

那天吃晚餐时，他们为麻二叔留了一个座位。

“说不定什么时候他就来了呢。”泥叔说。

细辛越来越好看了，一向黄黄的脸上两颊也红润起来。自从圆有西大妈半夜来家里探望过之后，细辛就感到自己的生活有了定力。她不再疑神疑鬼，她在亿嫂的鼓励下也开始学医了。“无论什么年纪开始学都不算迟。”亿嫂这样对她说，“再说也可以用医学知识来帮助别人啊。”细辛听了亿嫂的话就在心里想，现在她最最想做的事，不就是帮助她的这些邻居吗？

现在她已经变成了一个快乐的少妇，她将自己的变化归功于亿医生和她的婆婆。有时候在夜里一觉睡醒，她会说出声来：

“我多么爱亿医生啊！”

“好啊好啊，亿医生现在无病无灾……”丈夫迷迷糊糊地应和道。

“可是你不懂得这种爱。我常想，亿医生同我婆婆的身心是怎么沟通的呢？我的回忆往一个又一个的黑洞里钻进去，我在那里偷听两人的对话，有时听清了，有时听不清……唉！”

丈夫完全醒过来了，抚慰她说：

“妈妈爱你，对你有点儿不放心，所以把你交给了亿医生。”

“对啊，云村真是个好地方。现在我困了。”

当她入梦时，她就笑了又笑。

大女儿去上学，她就跟在后面喊道：

“如果看见黄鼠狼，你一定要让路啊！它是亿医生的宠物，也是我们大家的宠物，要善待它啊！”

自从细辛在亿医生的药草园里见过一次那只黄鼠狼之后，她就爱上了它。它的左侧腹部掉了一小块毛，所以她总能认出它来。她在菜地里，厕所旁，披屋那里，还有树林中都见过它的身影。为了将它引到自己家里来，她特地养了好几只芦花鸡，希望它同芦花鸡当中的一只恋爱。亿医生告诉她说，这只黄鼠狼曾同她家的芦花鸡恋爱。可是尽管细辛守着自家的芦花鸡，黄鼠狼一次也没有来过。黄鼠狼总是神出鬼没，独来独往，在她眼里既美丽又高冷。细辛叹道：“真是一位爱情专注的好小伙子啊！”

细辛也开始上山采药了。她决心通过辨认药草来提升自己的医术。亿医生告诉她说这是最便捷的途径。她常说：“病和药草就像恋人。”细辛反复琢磨亿医生这句话，觉得很有意思，因为令她一下子就想起了她婆婆和婆婆的疾病。有了这类念头，上山采药便有了无穷的乐趣。比如那次在牛栏山的北坡找到大片的金刚刺，她激动得连连呼喊她的婆婆，她确实感到这些金刚刺就是婆婆的恋人！挖药草的过程美妙无穷，现在她已经记住了几十种药草，有珍贵的，但大多数很普通。对于细辛来说，这些普通药草也是不同于黄鼠狼的另外一种恋人。现在她天天恋爱，怎么会不心情愉快？

“牛栏山啊牛栏山，”细辛在菜园里干活时念叨着，“有了您，我婆婆就不会寂寞了。她住在您的山肚里，老盯着村里的我们这一家呢。她说过要保佑我们的嘛。”她说这些时，牛栏山那边吹过来的风就挟带着含糊的低语。细辛沉醉地倾听着，满心都是幸福。过了一会儿，她就听到了亿医生和她丈夫的脚步声，于是赶紧拍掉衣服上的泥土，奔向院门。

“细辛，昨天去山上收获大吗？”亿叔笑眯眯地问她。

“还不错，找到了一大片金刚刺。”

“细辛好运气。野生金刚刺是你婆婆的最爱。”亿医生说。

听了亿医生的这句话，细辛忽然一下记起来，婆婆来的那个夜里，她站在暗处，细辛自己站在有灯光的明处，两个人都大声地说话。后来婆婆做了一个奇怪的手势，好像是两手抱着一个东西要交给她。细辛伸手要去接，可怎么也够不到，随后婆婆就消失在阴影中了。细辛没收到婆婆给她的礼物，有点沮丧。她将这件事告诉亿医生，亿医生却说细辛已经收到了，还说圆有西大妈的行事风格就是这样，细辛今后就会体会到的。细辛反复地琢磨婆婆的那个手势，不知不觉地就有了生活的定力。

细辛想，却原来自己已经收到婆婆交给她的东西了，所以她的生活才一天天变得充实了啊。现在她眼中的万物都在恋爱，都在相互诉说什么。有时她想偷听一下那些喃喃低语，那些爱情的私房话，但从来没有成功过。但真的没有成功过吗？比如黄鼠狼和那朵向日葵之间的缱绻，为什么会令她心跳不止呢？看来这就是婆婆交给她的东西，亿医生该有多么敏锐，因为她同婆婆是同一类型的人嘛。细辛并不刻意等待，可婆婆来的那一次，确实令她热血沸腾。过后她想，云村多么好！比如这个习俗就很了不起——死去的亲人总不远离。他们住在活着的人的身体内。她细辛也是因为这个习俗而起了学医的心吗 ？她想不清这种事，可她现在对自己的感觉真好。

有一天，细辛注意到大女儿在观察她种在院里的那些药草。九岁的女孩眼里的那种目光竟然流露出了少女的爱情，这情形又一次令她心跳不止。她红着脸，慌慌张张地走开了。细辛走了好远，回头一望，大女儿还是一动不动地蹲在那一丛药草旁边。“这世界已着了魔……”她自言自语道。她想，她应该在墙角再栽些玫瑰，为什么不呢 ？现在，她细辛不是也有东西可以给亲人和邻居了吗？这是从哪一天开始的？

冬天快来了，凉山嫂卖烤红薯的生意越来越好了。她和松宝收在地窖里的那些红薯都是改良品种，又粉又甜，让顾客吃了还想吃。她和儿子的生活因而变得富裕了。独自一人待着时，凉山嫂就会念叨：“凉山，凉山，你要是活到今天该有多么幸福啊！”可是凉山已经走了，这位乐观的汉子，过了一辈子穷日子，为的是给妻儿打下过好日子的基础。每次想到这里，凉山嫂就想哭，可她哭不出来，眼泪早就干了。前些日子一位亲戚对她说，云村是一块福地，凡待在此地不离开的人，最后都得到了幸福。凉山得到了幸福吗？凉山嫂觉得应该得到了，不是连亿医生都这样认为吗？亿医生可不是一般人，她是看得透人心的圣人。凉山嫂当然要待在云村，她从未想过去别的地方。再说凉山就葬在这里，有时他会来同她相会，如果她走掉了，她和他就再也见不了面。

凉山嫂也想过改嫁的事，毕竟长夜难熬啊。她经过仔细考虑，觉得她有可能从那些外地人当中找一个来陪伴她。她刚一产生这个念头，马上就想起了一个人。这个人刚来云村一年，是单身汉，淡淡的眉眼，开朗的面相，他每天都来买烤红薯。

“大哥是干什么工作的？”

“我是瓦匠。您家里的房子要修整吗？”

“谢谢您，暂时还不要。”

他们说话的时候这人就仔细地看了一眼凉山嫂正在干活的手，凉山嫂觉察到他的目光，就脸红了——她的手很不好看，又粗又老。那人收回目光，看着凉山嫂的眼睛说，他爱上了云村，也爱上了牛栏山。他决心在云村定居了，因为此地正合他的心意。他在外漂泊时，好些年里头，他在梦中想要去度过余生的地方就正是这个样子。

“您觉得这地方是什么样子呢？”凉山嫂问他。

“这里啊，一言难尽。这里所有的事物全很饱满。”

“饱满？”

“是啊。我的名字不好记，您叫我阿桃吧。”

“阿桃，真好听。有些事，当局者迷，要外人来看才看得清。”

凉山嫂没想到自己就这样同阿桃交朋友了。那一天，他走了好久她还要想，凉山和她夫妻一场，两人一直在困境中挣扎，现在凉山又先她而去了，这种生活算不算饱满？越往深里想，她越觉得阿桃的话有道理。故人的一切不仍旧围绕着她和松宝，也围绕着云村的乡亲们吗？她和大家默默地体会着，在黑暗中同他交谈着，这就叫饱满的生活吧。如果他还在，也会觉得心满意足吧。从前没有引进改良品种的红薯，现在有了，凉山一定心花怒放了。

现在，在夜半时分，凉山嫂也念叨起阿桃来了：“阿桃阿桃，您说说看，我要不要再嫁？”她心里已经知道答案了。因为这个人，他懂得她的心，也懂得云村，他就像是老天派来接替凉山的一样。

他又看着她那双在灶膛上忙碌的手。

“太丑了吧？”她说。

“不，它们很好看。我都被它们迷住了。”

凉山嫂轻轻地哭了。

“我们结婚吧。”

“好，我们结婚。”

凉山嫂家的屋顶换了新瓦，亲友们都来吃喜糖了。

陶伯已经习惯了在山上和在村子里云游。虽然他没有身体，可他并不觉得这是一个很大的缺陷，他可以将自己设想成一个有身体的人嘛。他之所以热衷于云游，还有一个原因就是当他在熟悉亲切的环境里走来走去时，有时会遇见亿医生，很久以来，他就暗恋着她。因为他知道自己绝对不会将他的暗恋说出来，所以这就没有什么不好。毕竟这念头被他带到坟墓里去了嘛，谁会嫉妒一个死人呢？

现在陶伯欢快地进了村。他要将云村所有细节看个仔细——从前他生活得太匆忙，太粗糙了，现在他要弥补。天刚蒙蒙亮，村里人还没起来，可茅奶奶家的大青马居然独自跑出来散步了，大青马看见陶伯就一愣，停在路当中不动了。陶伯心里想，大青马真通人性，它已经看出我同村里人不一样。他想走近去摸一摸它，可它掉头就跑，跑回茅奶奶家的院子里去了。大青马对他的警惕并没有影响他的好心情，他认为这是因为这动物还未习惯他这样的人，要是它多看见他几次，就会习惯了。陶伯弯下身去打量地上的那些形状各异的鹅卵石，这些嵌在地上的石头是多么的有风度啊！一年又一年，它们轻吻着云村人的脚板，永远是默默交流，永远是爱心满满。仔细看，其实每一块石头都有一个表情，那种历史见证人的深奥表情。陶伯发现有一块洁白的石头特别像亿医生，于是忍不住蹲了下去，想同它说话。

“陶伯真早啊……”

声音从上方传了下来，不是石头说话，是亿医生本人说话。

“我正在想关于您的事，您就来了。出诊去吗？”陶伯激动地说。

“是啊。我也在想关于陶伯的事呢，多么凑巧！我要找个日子同您在合欢树下好好地聊一聊。现在我要走了，新来的那一家的媳妇要生了。”

陶伯看着她那背医药箱的背影，激情在胸中汹涌着。

后来他的目光落到了地上。他看见每一块小石头都在晨光里显出了热烈的表情。忽然，一个阴影在朝他这边移动。陶伯抬头一看，居然是大青马。

“伙计，你认出我来了吧？”

大青马朝他凑过来，陶伯立刻闻到了芦苇和湖水的味道。他搂住大青马的脖子，闭上眼喃喃地说：

“我是怎么错过你的，伙计？魂牵梦萦啊！我俩一块走过了千山万水，这件事是确实的……我还记得，你总是在一个岔口那里等我，从不失约。那些岔口，地上都落满了白槐花。”

大青马跪了下来，它听得懂陶伯的话，它的眼神里浮动着遥远的记忆。

当陶伯和大青马的仪式完毕时，他才注意到站在附近的茅奶奶。

茅奶奶朝他招手，张着没牙的嘴笑呵呵的。

“老陶，您同我爱的这位伙计真有缘分啊。”茅奶奶说，“大约有一个星期了，这家伙总在周围跑来跑去的。我知道它要找一个人，这个人很久以前就认识它，也可能是认识它的母亲吧……没想到它是找您！我真是大吃了一惊。在从前那个兵荒马乱的年代，发生过什么？”

茅奶奶说话之际，大青马就回家去了。陶伯回味着茅奶奶的话，心中有点迷惑：这一番叙述真美，也有点怪怪的。是不是因为他已经死了，茅奶奶才用这种语气同他说话？

“茅奶奶，”陶伯想了想说，“您这一说我就有点明白了。也许，这大青马就是我自己。我现在记起来了。的确发生过不平凡的事！但我从前很少有记忆，是大青马帮我牢牢地记在心里。茅奶奶，我多么感谢您……”

但茅奶奶似乎不愿意听陶伯的感谢话。她目光散乱，一边自言自语地说着什么一边离开了陶伯。

游荡了一上午，陶伯终于在那口井旁同它见面了。也就是见面的一瞬间，陶伯才明白自己一直在找它。它是一只普通的龟，井水上涨到井口时，它就爬出来了。陶伯坐在井沿，它就爬上了陶伯的膝头。

“你好！”陶伯说。

龟一动不动，仿佛成了化石。

歌声从蓝山那边传了过来，陶伯和龟都在倾听。那人唱完了之后，陶伯就看见井水落下去了。

“你回家了啊，”陶伯温柔地对龟说，“哪边是你的家？是蓝山还是此地？我看两边都是。你跟我上牛栏山吧。我那个家，表面上有点寂寞，实际上热闹得很！龟啊龟，现在云村人都知道你的身份了，瞧你多么受欢迎！好，我俩这就去我家。我家附近有一条小溪，你一定很喜欢。”

陶伯将一动不动的龟托在手中，往牛栏山走去。一路上，陶伯的耳边都响着海涛的声音。陶伯想，哪里有山龟，哪里就听得到海涛的声音，这种联想不是自然而然的吗？

“陶爷爷，我们留下它吧。”米兰指着陶伯手里的龟说。

“小米兰，你还不知道吧。是它自己要留下的。它从井里爬上来，爬到我膝头上，就不肯离开了。我们送它去牛栏山吧。”

“好！”米兰激动得满脸通红。

陶伯望了一眼天空，那只鹰在盘旋，是他回家的时候了。每当他在外面云游的时间太久，那只鹰就会来催促他。

祖孙俩兴奋地爬着山。陶伯知道，米兰还太小，还听不到地底的大合唱，可这小家伙是多么迷醉啊！

一位面色黧黑，极为瘦小的老头站在云村小学的大门前卖花种。他举着一个透明塑料袋吆喝着：“玫瑰花，茉莉花，山茶花……”他的声音并不高。可以看见那塑料袋里有十来种颜色各异的花种被封在更小的透明塑料袋里。张老师听见那些花种发出小石子碰撞一般的响声，不由得瞪大了眼睛，凑近了去看那透明塑料袋。

“请问您老人家贵姓？”张老师忐忑不安地问。

“我叫林宝光。”老头说，“买两袋吧，种在校园的围墙边，即使不发芽，学生们也会喜欢的，因为是一种念想啊。”

“林宝光医师！大名鼎鼎的圣人啊！当然要买！三块钱一小包？我全要了。您能告诉我为什么这些花种是小石头吗？”

“这是我从蓝山带过来的特殊品种。为什么是彩色小石头？这个问题问得好。因为它们是从古代遗留下来的啊。你喜欢吗？”

“喜欢！它们会发芽、长出地面吗？”

“不要去管那种事。学生们会有耐心的。”

“啊，有道理。感谢您！”

林宝光医师离开小学往榨油厂那边走去。春天来得很迟，早春的雾气里浮动着在地里劳动的人们。他感到自己现在走路有点费力了，于是心里想，这是不是自己最后一次到云村来呢？刚才顺利地卖掉了花种，他感到无比的欣慰。到底还是云村啊，这不是他从青年时代就一直关注着的地方吗？刚才那位张老师完全是知情者，他猜测大部分云村的村民都是知情者。他听到一个激动的声音在叫他。

“林宝光医师！林宝光医师！您可要等等我啊！”

老头站住了，转过身微笑着看着来人。

林宝光医师认出来人是磨坊的老主人，这个人应该很老了，可他居然还能跑——是连爬带跑。

“不要急，老吴，我等您。”林宝光医师说。

吴爷爷喘着气停下来。他想打量面前的医师，可这位矮小的医师身体里不断射出强光，令他怎么也看不清他。

“啊，啊！”吴爷爷惊叹道，变得更焦急了，“我可以握一下您的手吗？”

吴爷爷握住了林宝光医师伸过来的手。“这可是真人啊！”他在心里对自己说。他回忆起从前林宝光医师给他送来毛驴的那个场景。

那只毛驴是他从未见过的小型品种，比狗大不了多少，可干起活来比村里的毛驴还厉害。当时林宝光医师将它留在那片树林里就走了，一个小孩对吴爷爷说，这是林宝光医师赠送给他的。就是从那时起，吴爷爷悟出了他的磨坊的重要性。

“磨坊还在接活，生意不错。”

“好。”

吴爷爷心满意足地回去了。林宝光医师听到了牛栏山里的骚动。他对自己说：“云村的人活到老吴的年纪时，便一举一动都会受到祖先的关注。”他的目光变得清澈起来，现在他可以看得很远很远了。初升的太阳的光芒照着路边的一块大石头，林宝光医师坐在石头上，开始思考他出生之前这个地区的模样。他推论出了他的家乡与此地之间的联系。先前他总是担忧，怕失去证人，现在看来，那些担忧全是多余的了。

他抬眼望去，发现清晨在地里劳动的那些人们全都不见了。土地沉默着，呈现出蛮荒时代的模样。

“林爷爷，您这就回去吗？”响起了小女孩好听的声音。

林宝光医师转过身，他看见空无一人的路上有一只俏丽的戴胜鸟。那么，是它在对自己说话。鸟儿跳跃着，并不关注他，一会儿就飞得不见踪影了。林宝光医师感到自己的身体正与大石头凝结为一体，天空中的云彩垂挂下来了。这一瞬间，他确真的看到了自己出生之前的风景。蓝山的钟声响起来了，从前也这样响过，不过这一次有点特别，对于他来说有点摄住不放的意味。难道换了一位敲钟的人？还是蓝山那边的体制发生了变化？林宝光医师尝试着移动身体，他发现这很困难。这个发现既让他恐慌，又让他惊喜。他那苍老的肌肉每绷紧一下，那只戴胜鸟就在看不见的处所凄厉地叫一声。“啊，故乡。”他轻轻地说。却原来他的故乡在云村。他的目光在熄灭之前看到了那团彩云。

2018年2月18日于上河湾